KB045687

해피 아포칼립스!

해피 아포칼립스!

백민석 소설

arte

차례

세상의 엉뚱한 방향

"과학은 인간의 상상만큼 빠르게 나아가지 않아. 이게 팩트야. 달나라에 첫발을 디뎠다고 난리가 난 지 70년도 더 지났는데 아직 달에 베드타운 세울 기술 하나 없잖아." 혜주가 손을 뻗어 내비게이션을 만지작거리며 말했다. "달에 세운 빌라 침실 창문 밖으로 파란 달이 뜬 걸 보며 잠들고 싶었단 말이야."

최는 오래전에 암스트롱이 정말 달에 갔느냐로 설왕설래한 사람들이 있던 걸 기억했다.

"보라고, 스탠리 큐브릭 감독이 뭐랬어? 2001년이면 우주선에 사람을 태워서 목성으로 날려 보낼 수 있을 거라고 했잖아." 혜주가 핸들에 얹은 손을 쥐었다 펴며 말했다. 〈2001 스페이스 오디세이〉 애

기였다. "1968년에 그 영화를 찍으면서 큐브릭 감독
은 이 정도 과학기술 발전 속도면 2001년에는 틀림
없이 목성에 갈 수 있을 거야, 하고 생각했던 거 아
냐? 하지만 2001년에 인류는 뭘 했냐고!"

"조지 오웰의 『1984』도 그렇지." 최는 대학 때 과제
로 읽었던 소설을 기억해냈다. "1984년에 빅브라더
가 나타났냐고. 나타났더라도 아날로그형 빅브라더
였겠지." 1984년이면 그가 태어나기 20년 전. 그해에
는 인도 보팔이란 곳에서 살충제 가스가 폭발해 2천
여 명이 죽었다. 사진학 강의에서 그때 죽어 땅에 묻
힌 소년의 얼굴 사진을 봤기 때문에 그 일을 기억하
고 있었다. 흙색이나 다름없는 짙은 갈색 얼굴이었는
데도, 뺨과 이마 같은 도드라진 부분은 그를 죽인 백
인 사업가들처럼 희고 창백한 빛을 내고 있었다.

하지만 최는 살면서 그런 얼굴들을 드물지 않게
봐왔다. 근육을 잡아주던 생명이 빠져나가 그만 흐
트러져버린 얼굴들.

"〈토탈 리콜〉은 또 어떻고. 2084년에 화성에 식민지를 건설해서 오간다는 얘기였잖아." 혜주는 요즘 할리우드 역사에 관한 동영상 칼럼을 쓰고 있었다. 지금도 내비게이션 위에 달린 액션 캠이 영화에 대해 말하는 그녀의 모습을 녹화하고 있다. 동영상 칼럼을 위해 붉은 기가 도는 은발로 탈색을 해서, 고개를 흔들면 언뜻 해가 지는 수평선의 몽롱한 구름을 본 듯한 느낌이 들었다.

"식민지는 무슨. 2084년에 인간이 화성에 가서 성조기 하나 꽂고 올 수 있으면 다행이지. 안 그래? 2084년이 돼도 인간은 아무 데도 못 갈 거야."

"2084년이 오기나 할까?" 최는 차창 밖 하늘을 올려다보며 중얼거렸다.

"리들리 스콧이 마신 김칫국을 봐. 글쎄 2019년에 지구에서 로봇들이 반란을 일으킨다는 영화를 1982년에 만들었잖아. 〈블레이드 러너〉 말이야. 근데 2019년에 가장 유행한 로봇이 뭐였어? 샤오미 로봇 청소기였잖아. 기억나지? 너희 집은 그마저도 없이 지내지 않았어?"

혜주의 말에 최가 그래, 하고 맞장구를 쳤다. 가난한 그의 집엔 로봇 청소기도 없었다.

"그러게. 우리 삶 어디에 레이철 같은 로봇이 있어?"

"영화감독이든 소설가든 너무 앞서 나간다고." 혜주가 말했다. "인류는 느려 터졌어. 한낮엔 햇빛 때문에 민얼굴론 편의점도 갈 수 없는데 지구를 가려줄 양산 하나 띄우지 못해 쩔쩔매잖아." 지구가 너무 뜨거워지자 태양열을 가려줄 차단막을 대기권 너머에 띄우겠다는 사람들이 있었다. "기술자들, 과학자들, 수학자들, 관료들……. 지구에 양산을 씌우자고 선동했던 그 인간들은 다 어디로 갔을까?"

"넷플릭스." 최가 중얼거렸다. 그는 핸들을 잡은 혜주의 손을 바라보았다. 그녀도 〈블레이드 러너〉의 레이철처럼 흠 하나 없는 매끈한 손과 팔뚝을 갖고 있었다.

"시간이 애매하게 남네. 이대로 가면 30분은 일찍 도착하는데." 혜주가 내비게이션이 알려주는 도착 시간을 듣더니 말했다. 둘의 친구가 여는 티 파티였지만 어서 가고 싶을 만치 설레는 자리는 아니었다.

"한 20분 드라이브나 더 하자." 둘은 아스팔트가 끈끈하게 눌어붙는 것 같은 도로를 한참 더 달렸다.

혜주는 유턴할 곳을 찾고 있었다. 한낮의 열기는 사라지고 있었고 거리에는 좀비들이 절뚝이며 서성이고 있었다. 좀비족이 아니면 누가 대낮에 거리를 민낯으로 배회할 수 있을까.

혜주의 로드스터가 덜컹하고 무언가를 밟고 지나갔다.

"뭐야?" 최가 묻자 그녀는 턱으로 전방을 가리켰다. 어기적어기적 몸통을 흔들며 차도로 내려와 걷는 좀비가 보였다.

"쟤가 팔 하나 흘렸나 보네." 잘 보니 왼팔이 없었다. 오른팔만 제자리에서 매가리 없이 흔들리고 있었다. 혜주가 차창을 내렸다.

"야, 네 팔 저 뒤에 있다." 혜주가 좀비 옆을 지나치며 소리쳤다. 사이드미러로 보니 좀비가 기우뚱기우뚱 뒤로 돌아서고 있었다. 최는 얼른 차창 밖으로 카메라를 내밀어 찰칵, 셔터 버튼을 눌렀다. 오른팔도 머잖아 끊어질 듯했다. 그런 다음엔 다리가빠지겠지.

좀비족은 종종 어릿광대처럼 보인다. 핏자국과 멍자국들이 분장이 요란한 어릿광대처럼 보이게 한다. 날씨에 아랑곳 않고 잠도 없는 좀비족이 종말의 퍼레이드에서 선두에 서고 있었다. 저녁이 지나 달이뜨면 마천루들 사이에서 털북숭이 그림자들이 어슬렁거린다. 그놈들은 카메라 플래시가 터지면 놀라서 컹컹 짖는다. SF 작가들의 상상력은 두말할 것 없이 엄청났다. 그들의 예상이 맞은 경우도 많았다. 하지만 세상은 꼭 인간의 상상대로만 흘러가지는 않는다. 현실은 인간의 상상력보다 느리기도 하고 빠르기도 하고, 당연히 아무도 바라지 않았던 엉뚱한 방향으로 흘러가기도 한다.

혜주와 최는 개포동을 지나 구룡산 중턱의 만 가족 타운하우스로 갔다. 교도소 담장만큼 높고 튼튼한 담장이 만 가족 타운하우스를 바깥세상으로부터 지켜주고 있었다. 정문을 지키는 초소 앞에 잠시 대기하며 살펴보니 만 가족이 다 들어가 살 만큼 크지는 않았다. 그래도 백 가족쯤은 지낼 수 있을 만큼 충분히 넓어 보였다.

어릿광대.

'만 가족 타운하우스'는 한국을 먹여 살리는 엘리트 만 가족이 모여 사는 마을이라는 의미였다. 한국에 2천만 세대 정도가 살고 있으니, 2천만 나누기 만이면 2천 세대. 엘리트 가족 하나가 2천 가족 정도를 먹여 살린다는 얘기였다.

"만 가족 타운하우스에 지금쯤 얼마나 입주했을까?" 최가 중얼거렸다. 혜주는 경비에게 은의 가족이 보낸 온라인 초대장을 보여주었다. 둘은 경비가 얼굴을 스캔할 수 있도록 고개를 돌렸다.

"누가 알겠어?" 만 가족 타운하우스는 전국에 세워졌고 서울에도 여럿 있었다. 하지만 늘 품귀 상태였다. 은의 가족도 입주 자격은 충분했지만 한참이나 기다려야 했다. 다행히 한 부부가 온대 기후로 바뀐 캐나다 앨버타주 북부로 이민을 떠나 차례가 돌아온 것이었다.

둘은 차량 보안 검색까지 거친 다음에야 운동장 같은 안뜰을 지나 지하 주차장에 차를 세우고 엘리

베이터를 탈 수 있었다. 안뜰 가운데 커다란 풀장이 있었다. 개인 소유의 풀장에 물을 채우는 건 불법이었지만 만 가족 타운하우스에 사는 가족들에게 용인되지 않는 일이 있다는 얘기는 들어보지 못했다.

만 가족 타운하우스

"입주 축하해. 드디어 내 친구 중에도!" 혜주가 은의 어깨를 끌어안으며 말했다. 은의 블라우스에 달린 살색 프릴이 혜주의 은발과 뒤섞이며 부드럽게 물결쳤다.

"굉장하네. 입주 축하해." 최는 은에게 와인과 작은 유리병을 건넸다.

"아시시의 황량한 언덕에서 가져온 와인하고 올리브 병조림이야."

"둘이 같이 갔었다며? 거긴 어때?"

"여기랑 똑같아. 가뭄과 폭우가 땅거죽을 싹 다 벗겨갔어. 올리브는 이제 없을 거라네."

"잠깐만." 은이 거실을 향해 몸을 돌리며 소리를

높였다. "여기요, 여기. 파티 스내퍼가 왔어요. 셀카 배경에 우연히 잡히는 거에 까다로운 분들도 있으니까, 사진은 이분한테 부탁하세요. 내 친구고 별명이 글쎄 골드 핑거예요."

최는 은의 옆에서 어색하게 웃으며 가슴에 걸린 카메라를 트로피처럼 들어 올렸다. 그는 당장 손을 든 중년 남남 커플에게 달려가 스냅사진을 찍어주고, 명함에 '2002'라고 써서 건네주었다. 20시 02분이라는 뜻이었다.

혜주와 최는 은을 따라 거실로 들어갔다. 은은 통이 넓은 리넨 바지를 입고 있어서 걸음을 옮길 때마다 바짓단이 작은 파도처럼 넘실거렸다. 거실은 손님들로 북적였다. 아는 사람은 많지 않았지만 혜주와 최는 눈이 마주치는 대로 고개를 까딱거렸다. 은은 그들을 식당 한편의 바로 데려갔다. 손님들이 바에서 와인과 칵테일, 위스키 잔을 기울이고 있었다.

"차 마시는 사람은 하나도 없네." 혜주가 두리번거리며 말했다. "티 파티라며?"

은이 소리 내어 웃었다. 식당 가운데에는 잘 차려진 뷔페 테이블이 있었다. "맛 좀 봐요." 그녀가 바텐더에게 와인과 병조림을 건네주었다. 바텐더는 키가 컸다. 제자리뛰기를 하면 천장을 뚫고 올라갈 수도 있을 것 같았다. 키가 크고 비쩍 마른 데다 주름투성이라 20세기에 말라 죽은 떡갈나무처럼 보였다.

최는 뷔페 테이블로 갔다. 바텐더와 똑같이 차려입은 웨이트리스가 서빙을 하고 있었다. 그가 카나페와 과일을 담아 오는 동안 혜주는 바텐더를 빤히 올려다보며 말을 걸었다.

"나랑 눈 좀 마주쳐봐요, 왜 피해요?" 바텐더는 반백의 머리에, 속이 비치지 않는 흰 와이셔츠와 검정 조끼 차림이었다. 단정한 보타이 매듭 위로 나무껍질 같은 목주름이 한 겹 늘어져 있었다.

"이런 늙은 바텐더는 어디서 구했어?" 바텐더가

계속 무시하자 혜주는 은에게 물었다.

"글쎄." 은이 생긋 웃었다.

"뱀파이어로 변하시는 중인가?"

"오오."

은과 혜주가 놀리는 동안에 바텐더는 와인 병을 따서 잔에 따르고는 한 잔씩 돌렸다. 그러곤 즉석에서 슬라이스한 하몽과 함께 올리브를 접시에 담아 내주었다.

최는 올리브를 하나씩 골드픽에 찍어 은과 혜주에게 나눠 주었다. 그는 아시시의 언덕에서 성당의 종소리를 들으며 재배된 마지막 올리브라고 설명했다.

"이런, 마지막인 게 참 많네." 혜주가 비아냥거렸다.

"어떤 맛이 나는지 한번 드셔보라고." 최는 병에 넣고 발효를 시킬 때도 성당의 성스러운 종소리를 들려주었을 거라고 덧붙였다.

한 노인이 다가와 자신의 늙은 남편과 함께 기념사진을 찍어달라고 했다. 최가 사진을 찍는 사이 은은 와인 잔을 들고 식당을 나갔다. 잠시 후 최도 그녀를 따라나섰다. 거실에서는 또 다른 웨이트리스가 돌아다니며 빈 잔과 접시를 치우고 있었다. 은은 거실을 지나 구룡산 아래를 굽어볼 수 있는 로지아로 나갔다. 한쪽 벽면이 트여 있어 낮의 열기가 한풀 꺾인 밤 공기가 그대로 들이쳤다. 그녀는 테니스 코트에서 운동하다 들어온 것 같은 커플과 마주 서 있었다.

"환경이 나쁘지는 않아요." 커플의 남자가 말했다.

"산 아래서 기분 나쁜 게 올라오곤 하지만 여긴 안전하다고 봐요." 커플의 여자가 말했다.

은이 최의 팔꿈치를 끌어당겼다. "이 친구는 내 중학교 동창이에요." 커플은 타운하우스의 체육관에서 테니스를 치다 들렀다고 했다. "내 친구의 약혼자이기도 하고요."

커플의 그림자 너머로 완만하게 흘러내리는 구룡

산의 검은 산자락이 보였다. 로지아는 서울 도심을 향해 트여 있었는데, 도심도 육중하고 바싹 마른 어둠에 짓눌려 있기는 마찬가지였다. 도시를 밝히는 불빛은 도로의 가로등들뿐이었다. 그나마 좌우로 교차하는 식으로 셋에 하나만 불이 들어와 있었다. 차량도 그만큼 적었다.

　최가 기억하는 강남의 불야성은 옛말이 됐다. 아파트들도 상업용 빌딩들도 불이 꺼졌다. 대낮에도 형광등을 켜놓고 지내던 빌딩 사무실들도 암흑에 잠겨 윤곽만 어슴푸레했다. 반짝이는 조명의 무리가 시내에 점점이 흩어져 있었지만 한눈에 셀 수 있을 정도였다. 그리고 간간이 불길이 치솟았다. 누군가가 빌딩이나 집에 불을 질렀거나, 좀비족이나 뱀파이어족의 잔해들을 폐타이어처럼 쌓아놓고 소각하는 불길이었다. 불길이 옆으로 길게 흘러가기도 했다. 불이 붙은 채 도로를 질주하는 자동차가 뿜어내는 것이었다.

산 아래 도로에서 양재 쪽으로 길게 흘러가는 불길을 함께 지켜보다가 은은 최를 커플 사이에 끼어 넣고 자리를 떴다. 커플의 여자가 그에게 말을 시켰다.

"만 가족 타운하우스에 사시는 건 아니죠?"

"아니에요. 그럴 리가." 남루한 하와이안 셔츠와 눅눅하게 곰팡이가 핀 듯한 낯빛은 최가 이곳 주민이 아니라는 사실을 일러주고 있었다.

"파티 스내퍼시라고요?" 커플의 남자가 최의 가슴 앞에 늘어진 카메라를 가리켰다.

최는 지난주에 은에게서 티 파티에 와달라는 초대를 받았고, 같은 날 그가 일하는 잡지사의 편집장에게서 은의 집에 가서 손님들의 사진을 찍으라는 지시를 받았다. 잡지사는 은의 가족이 운영하는 출판 그룹 계열에 속했다. 공개된 파티든 프라이빗 파티든, 셀카 같은 직접 찍는 사진은 금지하면서 대신 스냅사진을 찍어줄 파티 스내퍼를 부르는 경우가 종종 있었다. 그는 강남의 어둠을 배경으로 커플의 사진을 찍고 '2035'라고 써서 명함을 건넸다. 물 위에 뜬 기름처럼 어색한 미소를 짓긴 했지만 행복해 보이는 커플이었다.

찰칵찰칵, 하고 셔터 버튼을 몇 번 누르고 나니 최는 자신이 만 가족 타운하우스에 난파한 로빈슨 크루소처럼 느껴졌다. 무인도에 난파한 로빈슨 크루소만큼 곤혹스러웠다. 하지만 만 가족 타운하우스는 무인도가 아니었다. 반대로, 담장 밖으로 한 발짝도 안 나가고 몇 년이고 살 수 있는 자족적인 낙원이었다. 원하는 것이, 원하는 때에, 원하는 장소에 놓여 있었다. 요리사, 의사, 심리 상담사, 전자 제품 수리 기술자, 헤어 디자이너, 회계사에 총기를 소지한 경호원들도 있었다. 필요한 게 있는데 마침 배달이 되지 않는다면 퍼스널 쇼퍼에게 밖에 나가 사 오게 하면 되었다. 타운하우스에 있다가 외출을 하면 오히려 세상이라는 값싼 무인도에 난파된 기분이 들 수도 있었다.

최는 만 가족 타운하우스에 처음 들어와보았다. 소문으로 듣거나 상위 1퍼센트의 삶을 다룬 언론 기사에서 어쩌다 보긴 했지만 실제로 겪긴 처음이었다. 그래서 그는 초대받은 손님이면서도 난파한 로빈슨 크루소 같았고, 타운하우스 바깥세상의 현실이 자꾸 떠올라 불안하고 두려웠다.

바깥세상에 사는 최의 현실은, 녹내장이 슬어가는 눈처럼 뿌옇게 흐려지고 있었다. 아니, 모래 바닥에 가라앉아 수압으로 빠르게 흐물흐물해져가는 심해 생물의 사체 같았다. 그의 현실은 현실 자체의 압력에 부스러져 형체를 알 수 없게 된 사체의 살덩어리 같았고, 그는 매일이 몽롱세계에서 사는 것만 같았다.

최는 식당으로 가 과일 샐러드 한 접시와 에스프레소 마티니를 한 잔 받아 왔다. 혜주는 아직도 바에서 늙은 바텐더에게 시비를 걸고 있었다.

최는 소파에 앉아 혀뿌리로 흘러드는 쓴맛을 즐기며 거실 내력벽에 걸린 은의 가족사진을 바라보았다. 아주 먼 과거의 한때처럼 느껴지는 사진이었다. 따가운 햇볕 아래 은의 대가족이 모여 잇몸까지 드러내고 즐거워하고 있었다. 누런 팔뚝 너머에서 이마만 내민 저 꼬마가 은일 것이었다. 이마의 부유한 빛은 저때 더욱 돋보였다.

은은 결혼해서 분가했다. 현재 이 집에서 은의 가족은 남편뿐이었다.

대가족.

부유한 빛

은은 친구들과 어느 베트남 작가의 그림 아래 있었
다. 하롱베이를 담은 풍경화였다. 조류를 타고 떠가
는 돛단배들이 푸른 손가락 같은 섬들과 함께 병풍
처럼 늘어서 있었다. 지금은 바닷물에 잠겨 하롱베이
의 작은 섬들은 사라졌고, 반복되는 홍수로 리조트
단지도 문을 닫았다. 하지만 과거의 그림은 남아 그
녀의 거실을 은은하게 꾸며주었다. 천장에서 그림을
비추는 할로겐램프에 그녀의 이마가 부유한 빛을 냈
다. 이마를 둘러싼 짙은 흑발 때문에 이마의 빛이 더
도드라져 보이는 듯했다.

최는 은과 함께 중학교에 다녔다. 입학 전부터 동

네 놀이터에서 얼굴을 익혔고 학교에 들어가서는 한 반이 되었다. 부모들이 서로 차로 태워다주기도 했고 데리러 오는 차가 없으면 둘이 손을 잡고 집까지 걸어왔다. 둘은 같은 인터넷 게임의 파티원이기도 했고 이따금 서로의 집에 놀러 가 식사를 하고 늦게까지 함께 공부를 하다 잠이 들기도 했다.

최는 은이 자신과 다른 사람이라고 생각한 적이 없었다. 은이 혼자 쓰는 침실이 그가 형과 함께 쓰는 침실보다 다섯 배는 더 커도 그런 생각을 못했다. 다만, 유난히 인기가 많은 아이라는 생각은 했다. 점심시간에 아이들은 그녀와 같은 테이블에 앉으려고 일부러 새치기를 했고, 나란히 앉아서도 엉덩이가 닿을 만치 바싹 다가앉았다. 이거 한번 먹어볼까, 이거 한번 먹어봐, 하면서 그녀와 반찬을 나누다가 그녀의 식판에 자신의 흔적을 묻히는 아이들도 있었다.

최는 아이들이 왜 그러는지 알 수 없었다. 좋아하는 것 이상의 무엇이 있었다. 은이 예쁘고 잘 차려입기는 했다. 하지만 예쁘고 잘생기고 잘 차려입은 아이들은 쌔고 쌨다. 만화 캐릭터가 그려진 3백만 원짜리 백팩을 메고 다니는 아이들이 어느 반에나 서넛은 되었다. 그 아이들도 은처럼 비 오는 날이면 120만 원짜리 플립플롭 샌들로 갈아 신었다. 하지만 누구도 은을 놔두고 그 아이들과 함께 밥을 먹으려고 자리를 다투지는 않았다.

그래서 최는 은의 인기가 이마 때문이라고 생각하기 시작했다. 그녀의 이마에선 희지만 희다고 하기도 뭣한 이상하고 야릇한 빛이 났고, 이마에 그런 빛을 얹고 다니는 아이는 학교나 동네 어디서도 볼 수 없었다.

최는 그런 은과 친했다. 둘이 떨어져 지내는 건 방학 때뿐이었다. 그녀는 방학이 되면 인사도 없이 사라져서는, 멀리 이탈리아 코모 호숫가의 조지 클루니 별장을 배경으로 스냅사진을 찍어 메신저로 보내오곤 했다. '이런 호숫가 별장에 살면 우리 아빠는 회

사는 안 가고 맨날 숭어낚시만 하겠지?'

2학년 여름방학 때는 슬로베니아 블레드 호수에서 흰 수녀복을 입은 수녀들과 찍은 사진을 보내왔다. '너, 나 수녀원에 들어가면 어쩔래?' '흰옷인데 어떻게 맨날 빨아 입으려고?' '난 빨래 안 하거든.' 그러고는 미국 하와이로 날아가 방학이 끝날 때까지 영어 캠프에서 지내다 왔다. '서울은 40도지? 하와이 32도. 춥다, 야.'

최는 방학이면 비행기를 타고 날아가 조지 클루니의 별장을 보고 하와이의 영어 캠프에서 지내다 오는 삶이 어떤 것인지 알지 못했다. 그래서 부럽지도 않았다. 은의 가족 같은 부자의 삶이란 그에겐 너무 추상적인 것이었다. 그는 얼른 방학이 끝나 그녀와 손잡고 다니고 싶은 마음뿐이었다.

3학년 때에도 둘은 한 반이었다. 1학기 중간고사가 끝난 며칠 후였다. 아침 조례 시간이 되기 전에 교실 한구석이 시끄러웠다. 최는 멈칫멈칫 다가가 아이들이 들고 있는 학습용 태블릿을 들여다보았다. 누군가가 생방송을 하고 있었다. 철망으로 만든 울타리가 보이고, 운동장 쪽으로 기다랗게 늘어져 있는 수양버들이 보였다.

최는 수양버들 세 그루가 서 있는 자기 학교의 운동장을 멍하니 들여다보았다. 화면이 풍경을 스크롤하듯 끌어내리더니 수양버들 너머의 절벽을 비췄다. 학교 운동장 한편은 옛날에 채석장으로 쓰이던 돌산과 맞닿아 있었다. 그 돌산 꼭대기에서 늦봄부터 이른 가을까지 작은 폭포가 흘러내렸다. 수량이 적어 폭포라기엔 민망했고 시냇물을 10미터쯤 수직으로 세워놓은 정도였다.

화면은 폭포가 시작되는 지점을 눈높이에서 비추고 있었다. 실타래처럼 뒤틀리고 꼬인 소나무들로 어둑어둑한 그늘에서 물줄기가 시작되고 있었다. 생방송의 주인공이 흥얼거리는 소리가 들려왔다. "허바나 우 나 나 헤폼 마 허리진 허바나 오 나나 에 에⋯⋯."
허벅지를 때려 장단을 맞추는 소리도 들렸다.

'인마, 조례 시간 얼마 안 남았어' 하고 누군가가
채팅 창에 글을 올렸다. 최는 고개를 들고 아이들 어
깨 너머로 교실을 둘러봤다. '조례 시간이야. 선생님
오신다' 하고 또 글이 올라왔다. 다른 아이디였다.
'뛰라고, 멍청아, 뛰어' 하고 세 번째 글이 올라왔다.
세 번째 글의 작성자는 그도 아는 아이디였다. 은이
최의 팔꿈치를 잡아끌었다.

"이리 와봐."

은은 최를 교실 뒷문까지 끌고 갔다. 그녀는 왜 저
런 걸 보며 즐거워하냐고 쏘아붙였다. 하지만 그는
그냥 애들이 보기에 봤을 뿐이었다.

"진짜 뛰어내리지는 않을 거야." 최는 휴대전화를
열어 인스타그램 생방송 창을 띄웠다. 학교 운동장
에서 회색 치마가 종종걸음 치고 있었다. '아파트 옥
상에나 올라가지 왜 학교에 와서 지랄이야.' 채팅 창

엔 글이 계속 올라왔다. '쌤들도 지겹나 보다. 아무도 안 나와보네?' 그 글을 읽었는지 화면은 운동장을 한번 훑었다. '이런 새끼가 점심시간에 밥 추가해 먹는다는 데 만 원 건다.' '죽으라면 더 못 죽지, 병신.' '음정 틀렸다.'

"옥상에 올라가볼까?" 은이 빨개진 얼굴로 최를 바라봤다.

"모르는 애야." 최는 잠시 망설이다가 중얼거렸다.

"학교 친구잖아."

"우리 친구는 아니잖아." 최가 말했다. "애한테도 친구가 있을 거야."

채팅 창에 글들이 계속 올라왔다. 개중에는 아까부터 병신 소리를 섞어가며 뛰어내리라고 부추기는 아이디가 있었다. 그 아이디가 '용기를 내, 병신아. 천국이 네 발아래 있어' 하고 또 글을 올렸다. 은이 손가락으로 아이디를 짚었다.

"이년이." 은은 몸을 돌려 앞자리로 뛰어갔다. 그

녀는 앞에서 두 번째 줄에 앉은 한 아이의 머리채를 잡아 뒤로 획 꺾었다. 그러고는 책상에 놓인 수학 교재를 들어 중심을 잃은 아이의 옆머리를 쥐어박아 교실 바닥에 쓰러뜨렸다.

3학년 학생주임이 은과 최와 은에게 맞은 진영이라는 아이를 학교 관리실로 데려갔다. 그러고는 학급 관찰 카메라에 녹화된 영상을 틀어 같이 보게 했다.

"진영이는 아무 짓도 안 했네." 학생주임이 셋을 돌아보며 말했다.

최는 은에게 달려드는 진영을 막으려다가 넘어져 걸상 모서리에 입술을 찧어 살점이 떨어져 나갔다. 페맬 정도는 아니었지만 피가 나서 양호실에 가 거즈를 대고 왔다. 넷은 교무실로 돌아갔다.

"무슨 짓 했어요." 은이 말했다.

"뭘 했다는 거냐?" 학생주임이 털썩 의자에 주저앉으며 물었다. 은은 차분하게 조례 시간 전에 교실에서 있었던 일을 설명했다. 착 가라앉은 목소리였고, 최 같으면 흉내도 낼 수 없는 논리적이고 자분자분한 설명이었다.

"그런데 말이다." 학생주임이 말했다. "당사자는 지금 지 책상에서 모의고사 문제지를 풀고 있거든. 카밀라 카베요라고 했냐? 허바나 우 나 나, 그 가수? 외고 가서 그 가수처럼 에스파냐어를 전공하고 싶대."

"지금 걔 이야기하는 게 아니잖아요." 은이 따졌다.

"그럼 누구 이야기를 하고 있는 건데?" 학생주임이 물었다.

"진영이 애 얘기를 하고 있잖아요. 너, 죽겠다는 애한테 왜 못 죽느냐고 자꾸 따지면 걔가 죽어, 안 죽어?" 은의 말에, 진영은 억울하다는 듯이 소리쳤다. "걔, 관종이야. 관심받고 싶어서 한 달에 한 번씩 옥상에 올라가서 쇼를 하는 애라고. 다들 질색……."

"진영이는 교실로 돌아가."

진영이 가고 나자 학생주임이 은에게 말했다. "친구한테 손을 댄 건 너니까, 네가 사과해라."

은은 잠자코 학생주임을 바라보았다. 발그레했던 뺨이 피가 쏙 빠진 것처럼 새하얘졌다. 이마에서는 흰빛이 아롱거렸다.

"뭐라고요?"

"이게 어디서 눈을 똑바로 뜨고. 사과하라고."

은의 눈초리가 살짝 구겨지더니 입술을 깨물었다.

"사과하지 않으면 벌을 줄 수밖에 없다."

은은 성난 눈으로 눈웃음을 쳤다. "3월에도 2학년 애 하나가 뛰어내린 거 아시잖아요. 그리고 작년 12월에도 1학년 애가 가출해서 일부러 얼어 죽은 거 아시잖아요. 작년 5월에도 3학년 언니가 뛰어내렸고 재작년 10월에도 1학년이 그랬잖아요. 재재작년 것도 말씀드려요? 왜요, 선생님도 선택적 기억상실증에 걸리셨어요?"

학생주임의 눈이 커졌다. 그 일들이라면 최도 까맣

게 잊은 듯이 알고 있었다.

"이게 선생을 가르치려 드네. 사과 안 해?" 학생주임의 표정이 면도날처럼 예리해졌다.

"선생님이나 저한테 사과하세요."

"허허, 이년이 미쳤나."

"미쳐……." 은이 노여워 마른침을 삼키는 소리가 최의 귀에도 들렸다. 그녀의 나직한 목소리가 이어졌다. "지금 사과 안 하시면, 아마 내일 점심때쯤이면 밥이 그 잘난 목구멍으로 안 넘어갈 거고, 네 시쯤 돼서는 미치도록 제가 보고 싶어질 거예요."

최는 학생주임의 손바닥이 거의 은의 턱밑에까지 올라온 것을 봤다. 나중에야 깨달았지만 그날 그녀의 행동은 어린애가 가질 수 있는 순진한 울분 같은 것이었다. 상황이야 어떻든 그 순간, 그의 가슴은 사랑의 감정으로 콩닥거렸다. 그녀는 조금도 움츠러들지 않았다. 그녀 이마의 빛은 더욱 고상하게 빛났다. 그녀는 매 순간 예뻤지만 그때가 가장 예뻤다. 그는 유치하게도 그녀와 결혼하고 싶다는 생각이 들었다. 결혼이라면 신부가 웨딩드레스를 입고 어깨 너머로 꽃다발을 던진다는 것 말곤 아는 게 없었지만, 그녀에게 웨딩드레스를 입히고 부케를 들려주고 싶었다.

은의 웨딩드레스.

최는 나이가 더 들어서야 자살이 한국 사회의 만성 질환 같은 것이라는 사실을 깨달았다. 그와 은이 중학교를 졸업할 때까지 두 명이 더 본관 옥상에 올라갔다. 카밀라 카베요의 노래를 부르던 그 아이도 고등학교에 들어가서는 결국 지하철에 뛰어들었다. 소문으로 듣거나 동영상으로 보는, 그런 자살이 아니었다. 그는 고등학교에서도 옥상에서 뛰어내리고 차에 뛰어드는 아이들을 두 눈을 똑바로 뜨고 봐야 했다. 대학 입학식 날에도 강당 입구 돌계단을 물들인 핏자국을 봤다. 사회복무요원으로 입대를 해서도 그는 장교의 차를 몰다가 막사를 들이받은 운전병의 뒷수습을 해야 했다.

'차라리 네덜란드에 눌러앉아.' 최는 은에게 메일을 쓸 때마다 그 비슷한 글귀를 집어넣었다. '떠나길 잘했어.' '웬만하면 오지 마.' 혹은 '뉴욕에서 사는 건 어때?' '네덜란드 시민권 나왔으면 거기 귀신이 돼라.'

메일에 그렇게 쓰곤 했지만 최는 은을 보고 싶은 마음뿐이었다. 그녀는 중학교 마지막 방학 때 네덜란드로 공부를 하러 갔다. 그는 유학은커녕 비행기 탈 일도 없었다. 메일을 주고받았지만 갈수록 뜸해졌고, 해가 지나면서 그녀에게 웨딩드레스를 입혀줄 날은 결코 오지 않을 거란 사실을 받아들였다. 부자의 삶이란 여전히 추상적인 것이었지만 적어도 자신이 그렇게 살 수 없다는 사실쯤은 이해하고 있었다. 그는 대학교 4학년이 되어서야 아르바이트를 해서 모은 돈으로 처음 비행기를 타고 유럽 배낭여행을 떠났다. 그녀가 공부하고 있는 런던은 스케줄에 넣지 않았다.

최는 소파에서 엉거주춤 몸을 일으키곤 은을 찾았다. 그녀는 손님들과 자일러 그랜드피아노 앞에서 이야기를 나누고 있었다. 누군가가 손을 뻗어 건반을 누르자 듣기 싫은 고음이 사람들 사이를 뚫고 불

거졌다. 그녀가 피아노 앞으로 한 발 다가가 꼿꼿이 등을 편 채로 두 손을 내려뜨려 건반을 누르기 시작했다. 곧 강하고 여리고 높고 낮은 음들이 맥락을 이뤄 흘러나왔고, 어느새 빌리 홀리데이의 노래 「이상한 열매」의 반주곡이 되었다.

은을 둘러싼 손님들이 한둘씩 늘어날수록 그녀 이마의 빛도 더욱 부유하게 빛났다. 최는 멀리에서도 그녀의 이마가, 우중충한 영혼들 사이에서 우아하고 고상하게 자신을 뽐내는 것을 확인할 수 있었다. 어렸을 때만큼의 날뛰는 생명력은 느껴지지 않았지만 그 대신 더 깊어졌다고, 더 단단해졌다고 할까. 머리카락의 검은빛도 더 깊고 단단해진 듯했다.

"부유한 빛……." 최는 겨우 손과 이마만 보이는 은을 바라보며 중얼거렸다.

그게 부유한 빛이라는 사실을 확실히 깨달은 건 학생주임 덕이었다. 은의 장담대로, 학생주임은 다음 날 네 시쯤 되어 허둥지둥 그녀를 찾았다. 하지만 그녀는 이미 학교를 나와 최와 떡볶이를 먹고, 홍대 거리 소극장에서 자이언트 핑크와 케이시의 콘서트를 보고 있었다. 월요일에 그녀 앞에 나타난 학생주임은 주말 동안 술을 얼마나 마셨는지 얼굴이 퉁퉁 불어 있었고 낯빛은 흙색이었다. 그는 교실 중간 자리인 그녀 앞까지 잰걸음으로 달려왔다.

"올려다보기 싫어. 내가 왜 누굴 올려다봐야 하지?" 은이 책상 앞에 선 학생주임을 보며 큰 소리로 중얼거렸다. 조례 시간이라 담임도 교단에 있었다.

"내가 목이 아프다고요!" 은이 짜증을 냈다.

학생주임은 잠시 말없이 그녀의 눈을 바라보고 있다가 그녀 앞에 무릎을 꿇었다.

"한결 낫네." 은이 학생주임을 내려다보며 말했다. "사과해."

학생주임은 머뭇거리면서 화내서 미안하다고 사과했다.

"그게 아닐 텐데."

학생주임은 다시 이년, 이라고 욕해서 미안하다고
했다. 은은 아이 씨, 하더니 뾰족한 표정으로 힐금 최
를 쳐다봤다.

"병신이 뭘 잘못했는지도 모르면서 사과를 한대."
은이 학생주임을 노려봤다. "진영이가 잘못했으니
까, 진영이 저년 끌고 피해 학생한테 가서 사과시켜.
댓글 다 지우라고 하고."

은의 말에 학생주임이 고개를 주억거렸다.

"그리고 1분 동안 이 학교에서 자살한 애들을 위
해 묵념해. 잘못했습니다, 하고 묵념하라고. 지금."

최는 잠시 정신을 차리고 교실을 둘러봤다. 보통
학생이 선생을 학대하거나 구타하면 다른 학생들이
응원하고 가세하기 마련인데, 아이들은 지켜만 보고
있었고 담임도 어쩔 줄 몰라 교탁만 부여잡고 서 있
었다. 학생주임이 고개를 숙이고 묵념을 하는 동안
은은 에르메스 손목시계의 초침을 들여다보며 시간

을 쟀다.

"1분에서 20초나 더 했네." 은이 말했다. "이제 저 년 끌고 가서 반성문 쓰게 하고 사과시켜."

학생주임이 진영이를 데리고 교실을 나가자 담임은 조례를 진행했다. 담임도 아이들도 평소와 같았다. 은만 교실에서 도드라졌다. 그녀 이마의 부유한 빛은 더 크고 강하게 빛났다. 어쩌면 평범한 수준을 훌쩍 뛰어넘는 짙은 흑발에 둘러싸여 있어 그렇게 도드라져 보이는 것일 수도 있었다. 최는 그때 알았다. 그녀 이마의 빛은 그녀가 누구인지, 무엇을 할 수 있는지를 설명해주는 표지와 같았다. 아니, 그녀가 속한 가족이 어떤 가족이고 무엇을 할 수 있는 가족인지 웅변해주는 가문의 문장과 같았다.

자살 전망대

　은은 빌 에반스의 곡을 연주하고 있었다. 재즈 선율이 그녀의 손가락 끝에서 팽팽하게 당겨졌다가 부드럽게 풀어지기를 반복하면서 청중을 끌어모으고 있었다. 이제 그녀의 이마는 사람들에 둘러싸여 보이지 않았다.

　최는 만 가족 타운하우스의 가족들도 자살을 하곤 하는지 문득 궁금해졌다. 바깥세상의 가족들만큼이야 자살률이 높지는 않겠지만 자살자는 있을 것이다. 세상엔 너무 편한 삶을 견디다 못해 까무룩 죽어버리는 사람도 있는 법이다.

　반대의 경우지만 최의 이종사촌도 지난해 가을 자살했다. 듣기에 10월의 열기에 광릉수목원 그늘진

곳이 살 썩는 냄새로 가득했다고 했다. 이종사촌은 실직 이후 대출금을 상환할 길이 막혔고 뒤이어 이혼과 파산의 길을 걸었다. 유서에는 삶의 의욕을 잃고 좀비족이 되거나 복수심이 지나쳐 뱀파이어족이 되기 전에 인간의 형상으로 죽는 길을 택한다고 쓰여 있었다. 후회는 없고, 아내는 떠났고 친구들과의 사이가 틀어졌으니 어느 누구에게도 사랑한다는 말은 남길 수 없다고도 적혀 있었다.

그런 식으로 최는 한 계절에 한두 번은 주위에서 자살하는 사람을 보고 있었다. 봄에는 직장 동료가 죽었다. 그 친구는 시베리아 북동부에 지어진 중국인 기후 난민 캠프를 취재하러 갔다가 근처 바위 절벽에서 뛰어내렸다. 애초에 이렇게 끔찍한 취재는 맡지 말았어야 했다고 동료에게 이메일을 보냈다고 한다. 은은 자기 가족의 회사들에서 직원들이 얼마나 많이 자살하는지 알고 있을까.

최는 혜주를 찾아 식당으로 갔다. 바에는 떡갈나

무 같은 바텐더가 여전히 바쁘게 두 손을 놀리고 있었다. 그는 애플민트를 듬뿍 올린 모히토 한 잔을 들고 거실로 나왔다가 로지아로 갔다. 잠시 바람을 쐬고는 거실로 돌아와 듀크 엘링턴의 곡을 연주하는 은의 근처를 지나 남쪽 발코니로 갔다. 발코니에도 타운하우스의 이웃들이 집 안에서 입는 편한 옷차림으로 나와 있었다. 거기에 혜주가 있었다.

"이 아저씨가 일은 왜 하냐는데?" 혜주가 최를 보더니 살짝 취한 목소리로 말을 건넸다. 최는 그녀의 오른쪽 왼쪽에 서 있는 세 남자에게 고개를 끄덕해 보였다.

"내가 뭘 하는지 보기나 봤을까?" 그러더니 그녀는 주섬주섬 휴대전화를 꺼내 자신이 요즘 쓰고 있는 동영상 칼럼을 틀었다. 남자들의 입에서 오, 아, 하고 감탄사가 튀어나왔다.

세 남자 사이에 서서 즐거워하는 혜주를 보고 있자니 그녀가 자기 일에 얼마나 자부심을 갖고 있는

지 새삼 느껴졌다. 최는 그녀의 일과 경쟁해서 이겨 본 적이 없었다. 그녀에게 갑작스러운 스케줄이 생기면 영화관에 있다가도 따라 나와야 했고, 강원도 산골에서 영화제 준비단 회의가 열리면 새벽에라도 차를 몰아야 했다. 그녀의 이마에선 은처럼 부유한 빛은 나지 않았지만, 최소한 그녀에겐 돈이 되는 일에 대한 열정이 있었다.

"아저씨 연봉이 얼마야? 내가 이걸로 분기당 5천씩 벌어요." 혜주의 말에 남자들이 다시 감탄사를 뱉었다. 한 남자는 반팔 땀복 셔츠를, 다른 남자는 스포츠 레깅스를 입고 있어서 그들이 가꾸고 있는 이두박근과 넓적다리 근육이 한눈에 들어왔다. 세 번째 남자는 훨씬 어렸는데, 격식 있는 티 파티를 생각했는지 남색 슈트를 입고 있었다. 피부가 혜주보다 더 매끈하고 하앴다. 최는 셋에게 한 발 더 다가가 자기소개를 했다.

남자들이 근육에 대해 수다를 떠는 동안 혜주는

돌아서서 난간 너머를 바라봤다. 바람이 그녀의 발간 이마 위로 머리카락 몇 올을 날렸다. 남쪽은 북쪽보다 더 어두웠다. 발코니 난간 아래로 절벽 같은 축대가 만 가족 타운하우스를 지탱하고 있었다. 어떤 좀비족, 늑대인간족, 뱀파이어족도 축대를 기어올라 만 가족 타운하우스의 담장을 넘어올 순 없을 것 같았다. 아마 달팽이나 새는 가능하겠지.

"그래 형씨, 종마의 허벅지라는 그 요트 선수는 어떻게 됐어?" 슈트 차림의 어린 남자가 건방진 말투로 물었다. "죽었죠." "죽었다고?" "어떻게?" "허벅지를 거미한테 물렸어요." 그러자 세 남자가 입을 다물고는 고개를 끄덕였다.

"밖에선 사람이 잘 죽어요." 최는 난간 너머로 힐긋 시선을 주며 말했다. "훨씬 쉽게 잘 죽죠."

최는 세 남자의 다정한 사진을 찍고는 '2122'라고 명함에 써서 주었다.

세 남자는 하는 일 없이 하루 시간의 상당량을 근

육 만드는 일에 쏟고 있을 게 뻔했다. 만 가족 타운하우스의 많은 가족은 일할 이유가 없었다. 은도 일은 취미로 했다. 재산을 불리는 진짜 일은 자산 관리인들을 고용해 맡겼다. 세 남자는 그리 멀지 않은 곳에서 솟구치기 시작한 불길로 화제를 돌렸다. 최근들어 강남에서 일어나고 있는 화재 사건들이 타운하우스를 향해 한 발 한 발 다가오는 것 같지 않느냐는 얘기였다. 지난 몇 주 동안 거인의 발걸음처럼 성큼성큼 다가오더니, 오늘 불난 곳은 뛰듯이 걸으면 두 시간 안에 축대에 도달할 수 있는 가까운 거리였다.

한 남자가 가리킨 곳에서 작은 불길이 꺼져가고 있었다. 검은 산기슭 너머로 불빛이 노랗게 아른거렸다. 세 남자는 자리를 떠났다.

"4월 밤이 이렇게까지 건조하다니." 혜주는 술이 깨 제 말투를 찾았다. "서울은 살기엔 너무 메마르고 더럽고 위험해졌어."

"여긴 괜찮아 보이는데." 최가 뒤를 돌아보며 대꾸

했다. 은은하게 조명이 비치는 거실 안에서 손님들이 술잔을 들고 조금씩 흔들리듯 음악처럼 움직이고 있었다. 여기는 정말 모든 게 괜찮았다. 원하는 대로 조명을 밝히고 풀장에 물을 받고 안뜰의 잔디를 파릇파릇하게 유지하고, 마음껏 먹고 마실 수 있는 사람들이 아직은 괜찮게 살고 있었다.

하지만 바깥세상으로 돌아가야 하는 최와 혜주는 괜찮지 않았다. 서울은 살기엔 너무 더럽고 위험했다. 그렇지만 서울이 싫다고 달아날 수도 없었다. 서울의 바깥은 서울보다 더 덥고 더 메말랐으며 더 더럽고 더 위험했다. 서울을 떠나려면 아예 동북아시아 지역 전체를 벗어나야 했다. 이 집에 살다 캐나다 앨버타로 옮겨 간 부부의 가족처럼. 아직 여름과 겨울이 살 만한 곳으로. 봄과 가을이 남아 있는 곳으로.

아니면 은의 가족처럼 만 가족 타운하우스 안으로 피신해 들어오든가.

혜주가 발코니 난간 너머로 팔을 쭉 뻗더니 손에

쥔 와인 잔을 놓았다. 최가 눈으로 와인 잔을 좇았지만 이내 밤의 어둠 속으로 사라졌다. 소리도 들리지 않았다.

"내놔." 혜주는 최의 손에서 모히토 잔을 빼앗아 그것까지 난간 너머로 떨어뜨렸다.

저 아래 축대 어디쯤에선가 둔하고 탁한 소리가 났다. 유리가 깨지는 소리는 아니었다. 단단한 무엇이 마룻바닥에 깔린 두꺼운 카펫 같은 것에 부딪는 소리였다. 곧이어 짧게 으르렁거리는 소리, 큰 개가 잠결에 투덜거리는 소리 같은 것이 축대를 타고 올라왔다.

최와 혜주는 잠깐 숨을 멈췄다. 난간 아래로 눈에 띄는 것은 없었다. 그쪽엔 도로도, 가로등도 없이 암흑뿐이었고 여름과 겨울의 혹독한 날씨를 이겨내느라 듬성듬성해진 전나무 숲이 어렴풋 윤곽만 보일 뿐이었다. 그래도 둘은 눈을 뗄 수가 없었다.

등 뒤가 소란해졌다. 최와 혜주는 몸을 일으켰다.

사람들이 거실에서 로지아 쪽으로 한둘씩 건너가고 있었다. 로지아로 따라가보니 귀퉁이에 설치된 전망경 쪽에 손님들이 모여 웅성거리고 있었다.

"뛰었어?" "경찰차는 한 대만 왔는데." "소방차가 와야지." 속삭이듯 작지만 흥분한 목소리들이 들렸다.

"차라리 박쥐인간으로 변하지 그러냐." "자기야, 뱀파이어라니까." "난감한 인생이네. 뛰지도 못하고 뱀파이어로 변하지도 못하고 그렇다고 살지도 못하고." 누군가가 혀를 끌끌 찼다.

최는 혜주의 손을 끌어당기며 구경꾼들 사이를 파고들었다. 예전에 강원도 고성 통일전망대에서 봤던 쌍안 전망경을 두고 손님들이 줄을 서 있었다. 둘도 구경꾼들 사이에 끼었다. 이야기를 들어보니, 멀리 마주 보이는 옛 현대자동차 빌딩 불 켜진 사무실에서 누군가가 뛰어내리려고 하는 모양이었다. 시커먼 직사각형 빌딩 중간에 작은 앞니처럼 불이 하나 들어와 있고, 그 아래 어두운 도로에서 경찰차와 소방차의 경광등이 장난처럼 반짝이고 있었다. 그는 줄 서기가 지루해 바로 가서 칭다오 맥주 두 병을 들고 돌아왔다.

혜주의 차례가 왔을 때도 기다리던 일은 벌어지지 않았다. 정확히 무엇을 기다리는지는 몰랐지만 아무튼 아무 일도 없었다. 그녀는 몇 분이나 전망경에 눈을 박고 혀 차는 소리와 한숨을 번갈아 내뱉었다. 그녀가 비키자 최는 얼른 전망경 손잡이를 부여잡았다. 한 남자가 사무실 창틀에 걸터앉아 있었다. 흐트러진 와이셔츠, 반쯤 풀린 넥타이, 그리고 한 손엔 휴대전화가 들려 있었다. 그는 이따금 빌딩 아래를 향해 고함을 쳤다.

최의 다음은 은이었다. 어느새 그녀가 그의 뒤에 와서 줄을 서 있었다. 전망경을 들여다보느라 구부러진 그녀의 등을 보고 있자니 그는 가슴이 무겁게 쿵덕거렸다. 구경꾼들은 두 배로 늘어났다. 그녀가 전망경에서 물러나 최와 혜주 곁으로 왔다.

"이거 남편 거야. 처음엔 남편이 은하수를 관찰하려고 설치한 줄 알았어." 은이 최와 혜주를 번갈아 보며 말했다. "그런데 저걸론 별이 잘 안 보이더라고."

은은 전망경이 자살하는 사람들을 관찰하는 용도라고 했다. 입주를 앞두고 인테리어 공사를 하는데 남편이 설치 기사들을 데리고 와 전망을 고르더라고. 그러고는 그녀에게 묻는 둥 마는 둥 하더니 저 자리에 자살 전망대를 세웠다고 했다.

혜주는 그게 재밌느냐고 물었다.

"응. 그럼 너는 왜 저걸 봤는데?" 은이 되물었다.

"흠, 호기심?"

"다들 그렇게 시작하지." 은은 자기도 처음엔 남편을 따라 호기심으로 창틀에 올라선 사람들을 지켜봤다고 했다. 그런데 이제는 예고 없이 펼쳐지는 자살 쇼를 놓칠까 봐 수시로 로지아로 나와본다고 했다.

"자살 쇼라니." 최는 혼자 중얼거렸다. 은도 언젠가 그에게, 저런 게 재밌느냐고 따져 물은 적이 있었다. 그러고는 반 친구의 머리끄덩이를 낚아채고 학생주임을 무릎 꿇렸지.

"설치하고 지난 한 달 동안 본 것만 네 번이야. 20층 빌딩에서 뛰어내리면 사람이 어떻게 되겠어?" 은은 차라리 좀비가 되는 게 낫지, 하고 탄식을 내질렀다. "지난주엔 남편이 부르기에 나와보니까 교복 입은 어린애가 베란다 난간에 목을 매달고 있더라고."

최는 자신이 어떻게 은을 사랑할 수 있었는지 신기하기만 했다. 어떻게 그녀에게 장가들 생각을 다 할 수 있었는지 의아하기만 했다. 중학교 때는 부유하든 빈한하든 다들 똑같은 원단에 똑같이 디자인을 한 교복을 입고 다녔다.

최가 상념에 빠진 사이 드디어 창틀에서 남자가 뛰어내린 모양이었다. 장탄식, 환호, 비명, 박수, 웃음, 이런 소리들이 뒤섞여 로지아를 떠들썩하게 했다. 하지만 어느 누구도 쭈그리고 앉아 속을 게워내지는 않았다. 다들 자살 광경이 익숙했던 것이다.

모두가 교복을 입고 다니던 시절.

부는 불평등하게, 리스크는 평등하게?

혜주와 은은 남자들은 삶을 사랑하지 않는다고 흉을 보기 시작했다. 이제 전망경 쪽의 구경꾼들은 몇 남아 있지 않았다. 시체가 흰 천에 덮이고 있다고 누군가가 소리쳤다.

"남자들이 삶에서 손을 놓아버리고 도망가는 타이밍은 어찌나 절묘한지." 혜주가 말했다.

"싸우느니 속 편하게 죽겠다는 거잖아." 은이 맞장구를 쳤다.

은은 왜 싸우려고 들지 않느냐고 했지만, 최가 보기에 만약 자살한 남자가 싸우겠다고 나서면 은의 가족은 좋을 게 없었다. 제일 먼저 이곳 타운하우스로 달려올 테니까. 그는 빈 맥주병을 흔들어 보이고는 바로 갔다.

"저기서 사람들이 자살하는 걸 구경하고 있어요."
최가 바에 빈 병을 올려놓으며 말했다. 늙은 바텐더
는 입꼬리를 말며 미소를 지었다.

"알고 있었어요, 여기 자살 전망대 있는 거?" 바텐
더는 바쁘게 바의 물기를 닦아내면서 고개를 끄덕였
다. 최는 잠시 멍하니 있다가 뭔가 차갑고 달달한 것
을 마셨으면 좋겠다고 했다. 바텐더는 말없이 오미
자 시럽을 넣은 다이키리를 내놓았다.

잔이 얼마나 차가운지 손가락 끝이 시렸다. 최가
다이키리를 홀짝이며 식당을 나오다 보니 웨이트리
스가 거실 구석에서 등을 돌리고 쏟아진 와인을 치
우고 있었다. 맞은편에서 적당히 취기가 오른 남자
가 웨이트리스를 얼이 빠져 쳐다보고 있었다. 둘러보
니 미니 야자수 화분 쪽의 남자도 음탕한 시선을 보
내고 있었다. 로지아 쪽 기둥에 기대선 남자도 일그
러진 눈매로 웨이트리스를 쳐다보고 있었다.

최는 소파로 돌아와 앉아 멀리, 어두운 로지아에서 이야기를 나누고 있는 은과 혜주를 바라봤다. 둘 다 짙은 색상의 하의를 입고 있어서 상체만 둥실 떠 있는 것만 같았다. 혜주의 은발이 핏기가 쭉 빠진 달무리처럼 어둠 속에서 흐려지고 있었다. 그는 두 여자가 친구가 된 것이 실은 자기 공이라고 우기고 싶어졌다.

혜주는 최의 대학 동창이었다. 그는 은을 볼 때만큼이나 그녀를 볼 때마다 가슴이 설렜다. 은이 비워놓고 간 자리에 혜주가 들어왔다. 그때도 그녀는 이따금 멋진 색깔들로 머리를 염색하고 학교에 나타나곤 했다. 이번에는 웨딩드레스를 입혀줄 꿈은 꾸지 않았다. 대신 시간과 에너지를 바쳤다. 그는 그녀가 만드는 독립영화에 무보수 스태프를 하겠다고 나섰다. 그녀가 시나리오를 쓰면 새벽 3시까지 카페에 함께 있으면서 그녀가 눈치채지 못하게끔 담배와 커피

심부름을 했다. 새벽에라도 그녀가 전화를 하면 차키부터 찾는 지금의 버릇은 그때 생긴 것이었다. 그는 혜주와 함께 있으면 있을수록 은에 대한 씁쓸한 감정이 힘을 잃고 졸아든다는 사실을 발견했다. 그녀는 연극영화과 친구들을 고용해, 지금은 폐기물 더미로 남은 해운대 근처 영화 촬영 스튜디오에서 여름방학 내내 영화를 찍었다. 그때 그도 친구들도 그녀 가족의 재력에 놀랐다.

바에서 늙은 바텐더를 놀려대는 성격도 그런 가정환경에서 비롯됐다고 할 수 있다. 혜주는 최에게도 곧잘 성질을 부렸다. 그녀는 여유 있는 가정 형편만큼이나 너그러웠고, 다른 사람들도 마땅히 자기만큼 너그러워야 한다고 여겼다. 그러지 못했을 땐 화를 내고 절교까지 했다.

혜주의 가족이 은의 가족만큼 대단했던 건 아니다. 은의 가족처럼 난공불락에 파괴 불가, 신성불가침이 아니었다. 가족의 캐시카우였던 남쪽 지방의 농지가

10년 동안 반복된 가뭄과 태풍, 해수 침수로 못 쓸 땅이 됐고 그녀 가족의 기업들은 법정 관리 신청을 했다. 기업은 해운대처럼 바닷물에 잠겼다. 남은 사업체와 부동산은 그녀 가족보다 더 큰 몇몇 가족이 나눠 가졌다. 그 큰 가족들에는 은의 가족도 있었다.

최는 혜주 가족의 몰락이 기회라고 생각했다. 빈부 격차라는 훼방꾼이 사라진 것만 같았다. 그는 그녀 가족이 가졌던 부를 나눠 갖지는 못했어도 그녀의 사랑만큼은 나눠 가질 수 있으리라 기대했다. 그녀는 그만큼이나 가난해진 게 확실했다.

"그래서 네가 할 수 있는 게 뭔데?"

최의 사랑 고백을 듣고 나서 혜주는 한참을 상암 하늘공원 벤치에 앉아 울었다.

"너 여기 월드컵 경기장에서 좌석 정리하는 알바 하잖아. 지난번에는 판교 골프장에서 카트 운전했고."

얼마 전까지만 해도 혜주의 집에는 최처럼 허드렛일을 하는 사람이 열 명도 넘게 있었다.

"난 가난한 연애는 싫어. 가난하게는 못 살아." 이제 혜주의 다섯 식구는 방 두 개에, 욕실이 하나뿐인 전셋집으로 옮겨 살고 있었다. 그녀는 난생처음 식구들의 방귀 냄새를 맡으며 욕실 앞에 줄을 서봤다.

"널 좋아하지만, 내 감정은 사랑이 아니야." 혜주는 또 한참이나 울었다.

"분명히 말하지만 네가 날 위해 해주는 일엔 굳이 사랑이 필요하지 않다고. 푼돈이면 누굴 시켜도 다 되는 일들이라고."

맞는 말이었다. 담배 심부름은 천 원 주고 길 가는 어린애를 시키면 되었고, 밤길 동행은 얼마 전까지 경호원이 하고 있었고, 세상에 널린 것이 외롭지 않게 같이 술을 마셔줄 친구였다. 굳이 최여야 할 이유는 없었다. 그는 혜주를 붙들 수가 없었다. 그의 능력으로는 전공을 살릴 아르바이트 일감 하나 얻을 수가 없었다. 은을 단념했던 순간을 다시 한번 겪고 있는 것만 같았다.

"그럼 왜 우는 거야? 그냥 싫다고 하면 되잖아." 최는 묻지 않는다고 되뇌면서도 결국 물었다.

"너 같은 애한테까지 사랑 어쩌고 하는 소리를 듣게 된 내가 한심하고 미워서 그래." 혜주는 두 손에 얼굴을 파묻었다. "왜 너까지 날 괴롭혀? 내가 이젠 만만해 보여?"

하늘공원이 문을 닫는 10시까지 최와 혜주의 사이는 벤치에 나란히 앉은 채로 멀리멀리 떨어져 나갔다. 한 뼘도 떨어져 있지 않은 둘 사이로 시월 밤의 더운 공기가 사막에 부는 광막한 바람처럼 흘러왔다 흘러나갔다.

로지아에서 혜주가 손짓으로 부르기에 갔더니 빈 술병을 건네줬다.

"뭐 마셔?" 혜주가 물었다.

"오미자 칵테일." 최가 잔을 내려다보며 말했다.

"나도 그거."

"찬데?"

"너무 차지 않게."

이번엔 은이 와인 잔을 내밀었다. "난 새 잔에 와인한 잔. 비스킷도 좀 가져다줄래?"

최는 바에 가서 쟁반에, 와인 한 잔과 칵테일 두잔, 비스킷과 말린 과일을 담은 접시를 담아 왔다. 웨이트리스가 자기가 가져다주겠다고 했지만 그는 자기 일이라고 우겼다.

"지금 로지아에 있는 저 두 여자는 누가 쟁반에 음식을 담아 갖다 바치지 않으면 우울해하는 성격이라서요." 최는 혜주의 사소한 시중을 들면서 행복을 느꼈다. "평소에도 기꺼이 하는 일입니다."

은과 혜주에게 술과 음식을 건넨 최는 다시 소파로 돌아와 밤바람 속에서 건배를 하는 혜주와 은을 바라봤다.

하늘공원 일이 있고 나서 혜주는 채 1년도 지나지

않아 결혼을 했다. 시댁 가족은 부유하지는 않았지만, 적어도 결혼하는 둘째 아들에게 욕실 두 개 딸린 아파트 하나는 사줄 능력이 되었다. 그녀는 그저 가난한 남자가 싫었을 뿐이니, 최가 결혼식에 안 갈 이유는 없었다. 하지만 그는 어쩌다 식장을 잘못 찾은 하객처럼 입구에서 서성이다가 기둥에 몸을 반쯤 가리고 선 채로 결혼식을 지켜봤다. 피로연에도 가지 않았다. 식장은 신랑 신부의 대가족이 몰려들어 점잖고 우아하게 북적였다.

그렇지만 신랑 신부의 이야기가 머나먼 왕국에서 행복하게 잘 살았답니다, 로 끝나지는 않았다. 혜주 부부가 간 곳은 머나먼 왕국이 아니었다. 둘은 신랑의 직장이 있는 여의도와 가까운 동작구에 신혼집을 마련했다. 그리고 그해가 지나기도 전에 사달이 났다. 그녀는 서울에서 보통 사람으로 사는 삶이 얼마나 거칠고 예측 불가능한지, 불행이 개떼처럼 쫓아오는 삶인지 그때까지 알지 못했다. 가세가 기울기 전까지 경호원이 따라다녔으니, 경호원 없이 서울의 밤거리를 다닌다는 게 어떤 것인지 그녀는 알지 못했다.

혜주의 신랑은 불광동 어디의 공원에서 새벽에 쓰레기를 치우러 나온 환경미화원에게 발견되었다. 회사는 여의도고 집은 흑석동인데 어째서 신랑은 불광동에 누워 있었을까. 그녀는 서울에서 스물일곱 해를 살았지만 서울이 어떤 곳인지 몰랐고, 서울은 점점 더 그녀가 모를 곳으로 변해갔다.

"그럼 개가 남편을 물어다 거기 갖다놨다는 말이에요?"

혜주는 믿기지 않아 형사에게 묻고 또 물었다. 형사는 설명했다. 상처로 봐서 갯과의 큰 동물이 물어뜯은 것으로 보인다고. 공원을 찍은 보안 카메라가 있는데 큰 개가 확실한 검은 그림자가 신랑을 둥근 소나무 화단 아래로 끌고 가는 모습이 찍혔다고 했다.

"얼마나 큰 개이기에!" 혜주는 개들이 남은 먹이를 화단 나무 아래 파묻어놓곤 한다는 얘기가 떠올라

부들부들 몸이 떨렸다. "그런데 어떻게 개가 지갑하고 반지를 빼내서 가져가요?"

"그거야 사람이 했겠죠." 형사가 태블릿 피시를 켜서 보안 카메라 동영상을 보여주었다. "이 사람 아세요?"

동영상 속의 두 남자 가운데 왼편은 신랑이 맞았다. 개가 나타나기 10분 전의 영상이었다. 초점이 흐려서 윤곽만 알아볼 수 있었다. 하지만 한 발 뒤처져 따라가는 남자는 기억에 없었고, 윤곽도 알아볼 수 없었다.

"이 사람이 그랬다고요?" 혜주가 소리치자 형사가 확실하게 말할 수 있는 것은 없다고 했다. 확실한 것은 신랑이 만취 상태였다는 사실뿐이라고. 반항의 흔적이 없는 것을 봐서 개가 물었다고 확신할 수도 없다고 했다. 왜냐하면 짐승의 이빨이 물어뜯을 때의 공포와 고통이 엄청났을 테니까. 또한 사람이 사람을 물어 살을 취했을 리는 없으니 사람이 범인이라고 확신할 수도 없다고 했다. 왜냐하면 살인을 하기 위한 더 쉽고 간편한 수단은 얼마든지 있으니까. 지금으로선 사람이 남편을 폭행하고 지갑을 턴 다음 개가 물어뜯었다는 가정이 가장 현실적이라고 했다.

혜주는 침대에 둘러쳐진 커튼을 확 젖혔다. 신랑의 눈꺼풀 없는 왼쪽 눈이 입원실 천장 어딘가를 뚫어져라 쳐다보고 있었다. 의식은 돌아오지 않았지만 마지막 순간의 공포만은 그대로 남아 왼쪽 눈망울에 어른거리고 있는 듯했다.

신랑은 혼수상태로 병원에 6개월이나 누워 있었다. 상태가 얼마나 엉망인지 혜주는 끝내 침대에 누워 있는 환자가 신랑이 아닐 가능성을 버리지 못했다. 왼쪽 눈꺼풀과 왼뺨과 턱 반쪽이 사라져 얼굴의 좌우대칭이 무너졌으니 그럴 만도 했다. 신랑을 그 지경으로 만든 놈은 양팔의 팔꿈치 아래와 오른다리의 정강이도 가져갔다.

하지만 육체의 손상보다 더 아쉬운 건 정신의 파괴

였다. 신랑은 아이큐가 144에, 싱가포르에서 경영대학원을 다녔고, 여의도의 증권회사에서 채권 브로커의 경력을 쌓아나가고 있었다. 신랑이 지닌 정신의 부는 미래를 약속해주는 것이었다. 그녀는 잃었던 가족의 부를 다시 일굴 소망까지 품었다. 그 정신의 부가 가져다줄 미래를 큰 개 따위가 물어가버렸다.

형사는 병실로 찾아와 수사 상황을 설명해줬다. 한번은 디엔에이 검사 자료를 갖고 왔다. 형사는 피해자의 상처 부위에서 채취한 타액에서 개와 사람의 디엔에이가 같이 나왔고, 털에서도 개와 사람의 디엔에이가 나왔다고 했다.

혜주는 그런 일이 어떻게 있을 수 있느냐고 소리를 질렀다. 그녀는 그즈음 시도 때도 없이 소리를 질렀고, 문병을 온 시부모에게도 소리를 질렀다.

형사는 꾹 눌러 참는 목소리로 경찰도 어찌 된 영문인지 알아보고 있다고 했다. 뭔가 오류가 있었을지도 모른다고 했다. 그러곤 지난번 동영상의 남자가 기억났냐고 물었다. 그녀는 모르는 남자라고, 몇 번이나 말해야 알아듣겠냐고 또 소리 질렀다. 형사가 가고 나자 그녀는 보호자 침대에 털썩 주저앉아 울었다. 전 세계가 나서서 자신과 신랑의 비참한 운명을 놀리고 조롱하고 있는 것만 같았다.

혜주는 신랑의 장례를 치르고 나서 최를 다시 만났을 때 차분히 정리된 표정으로 말했다.

"형사가 너무 미안해하기에, 우리 신랑을 죽인 범인은 서울이라고 말해줬어. 서울을 체포할 수는 없잖아?"

그 사건이 있기 전부터 부잣집들이 너도 나도 경호원을 부릴 정도로 서울의 치안은 이미 나빠져 있었다. 전월세 자금을 마련할 수 없는 시민들은 확실한 주거 없이 떠돌았다. 서울의 한편에서는 여관과 고시원이 미어터졌고 노숙자들이 동네 놀이터에까지 들어와 살기 시작했다. 백인, 흑인, 동남아인 노숙자들도 흔해졌고 범죄도 늘어났다. 그 모두가 서울의 주거비 리스크의 결과였다. 노숙과 난민촌 같은 비위생적인 주거 형태가 늘면서 말라리아 환자가 급증했다. 집이 있는 시민들도 한강이나 하천변에 나왔다가 말라리아에 감염되어 진땀을 흘리며 병원에 실려 갔다. 기후 난민들이 난민촌을 탈출해 서울의 밤거리로 스며들었고 먼 대륙의 풍토병이 서울 시민들 사이에서 나타나기 시작했다.

서울의 다른 한편에서는 요새처럼 보안과 위생을 강화한 만 가족 타운하우스가 조성되고 있었다. 첫 입주가 끝나고 타운하우스의 돈 많고 힘 있는 가족들이 서울시와 정부를 상대로 소송을 걸기 시작했다. 서울의 치안이 나빠 자신들의 안전을 지키는 데 막대한 비용이 들었으므로 시와 정부가 보전해줘야 한다는 것이었다.

소송은 만 가족 타운하우스 측이 이겼다. 반대 여론도 거셌다. 서울의 범죄에 더 크게 노출되어 있는

쪽은 오히려 가난한 시민들인데, 어째서 만 가족 타운하우스에 사는 부유한 시민들의 의료비와 경호 비용을 세금으로 물어줘야 하는가 하는 의문이었다. 부유한 시민들에게 월세를 갖다 바치는 것도 모자라 세금으로 경호원 월급까지 내줘야 하는가, 하고 가난한 시민들은 물었다. 이중으로 피를 빨리고 있다는 주장들이 나왔다. 말라리아만 하더라도 집이 없거나 있어도 열악한 주거 환경에 사는 시민들이 더 자주 더 많이 걸렸다. 아파트 월세나 대출금을 내면 에어컨 전기세 낼 돈도 남지 않는 시민들이 참다못해 밤바람을 쐬러 나갔다가 걸리는 게 말라리아나 콜레라, 이국의 풍토병들이었다. 범죄에 희생되는 경우도 마찬가지였다.

시민들이 광화문 사거리에 '부는 불평등하게, 리스크는 평등하게?'라고 쓰인 플래카드를 들고 나왔다. 애초에 범죄율이 높아지고 말라리아 같은 전염병이 도는 게 서울의 주거비 리스크가 커졌기 때문이

고, 주거비 리스크의 배후에는 부의 불평등이 있다
는 주장이었다. 남편이 죽자 혜주의 생각도 이젠 광
화문의 주거비 리스크에 시달리는 가난한 시민들 쪽
으로 돌아섰다. 그녀는 남편 사건으로, 경호원도 없
이 보안이 부실한 동네에 사는 삶이 어떤 결과를 낳
을 수 있는지 깨달았다.

"부는 그렇게나 불평등하게 나눠 가지면서, 어째
서 범죄율 상승 같은 주거비 리스크는 가난한 시민
들까지 평등하게 나눠 가지는 거지? 아니, 난 남편을
잃었으니 주거비 리스크는 가난한 시민들이 더 크게
감수하고 있는 거 아냐?" 혜주가 어느 날 광화문에
나가 마이크를 잡고 외쳤다.

"한심한 것들아, 안전하고 깨끗한 서울에서 편하
게 살고 싶으면 가난한 사람들한테 살 집을 줘!"

부는 불평등하게, 리스크는 평등하게.

혜주의 말처럼 서울은 갈수록 더럽고 위험한 곳이 되어갔고, 그 주거비 리스크의 영향인 범죄와 전염병에 대한 공포는 서울 시민 모두가 평등하게 부담했다. 하지만 최가 보기에 그녀는 아직 덜 가난해져봤다. "아파트가 20억이면 뭐해. 해 떨어지면 무서워서 바깥에 나오지도 못하잖아!" 하고 그녀는 분통을 터뜨렸지만, 그런 아파트도 없는 최의 가족은 대낮에도 거리에서 공포를 느꼈다.

부가 불평등할수록, 부의 리스크도 불평등하게 나
눠 갖는다. 부자일수록 안전한 성채 안에서 부는 더
많이, 리스크는 더 조금 가져간다. 혜주의 경우가 그
랬다. 보험금도 범죄피해보조금도 받았지만 그녀의
가계는 예상을 넘어선 병원비 덕에 또 한 번 무너졌
다. 그녀는 신혼집을 팔고 주거 환경이 더 나쁜, 더
작은 아파트 단지로 집을 옮겼다. 그녀는 직장을 가
져야 했지만 단편영화를 만들어본 경력이 전부였다.

최는 은을 소개시켜주었다. 은의 가족이 지분을 갖
고 있는 영화 기획사가 있었다. 은이 최를 불러 가끔
촬영 현장을 감시도 할 겸 스틸 사진을 찍으라며 보
내곤 했다. 은과 혜주가 만났을 때 둘은 서로 얼굴을
알아봤다. 둘은 고등학교 때 네덜란드에서 두 학기
동안 같은 학교에 다녔었다. 그 후로 은은 대학원까
지 유럽에서 다녔지만, 혜주는 한국으로 돌아왔다.

혜주는 은 가족의 기획사에 자리를 얻었고, 함께

최의 흉을 보는 사이가 됐으며, 다시 친해졌다. 혜주는 기꺼이 은의 눈과 귀가, 스파이가 되어주었다.

어느 날 은이 말했다. "쟤네 부안 땅, 우리 가족이 사들였어. 농사는 당장 못 짓지만 큰아버지가 방조제 공사를 다시 하고 객토를 한대. 10년을 바라보는 투자라는데, 그동안 바다 해수면은 가만있어주겠니?" 그 사실은 혜주도 알고 있었다.

"우리 가족 남은 살점, 마지막으로 베어 문 게 쟤네, 은의 가족이야. 아, 은이 직접 손댄 건 아니겠지."

최와 혜주는 혜주의 신랑이 죽고 첫 번째 기일이 지나서야 연인이 될 수 있었다. 그는 이제 정규직 직장이 있었고, 혜주 역시 가난한 사랑을 더 이상 멸시하지 않을 만큼 충분히 가난을 겪어봤다. 그리고 다시 시작한 사랑의 배후에는 은과 은의 가족이 있었다. 둘 다 은의 가족을 위해 일했고 은의 가족으로부터 사랑의 현실적인 동력을 구했다.

크림슨 라이즈

현관 쪽이 웅성거렸다. 로지아에 있던 은이 잰걸음으로 거실을 가로질렀다. 혜주도 현관으로 갔다. 최도 뭉그적거리다 뒤를 따랐다. 은의 남편이 은의 허리를 감싸 안고 거실 쪽으로 걸어 들어오고 있었다. 실물로는 처음 보는 은의 남편이었다. 가족사진에서 본 것보다 키도 훤칠했고, 은의 이마에서 나는 것과 같은 빛이 얼굴 전체에서 은은하게 뿜어져 나오는 듯도 했다.

"부유한 빛……."

최는 카메라를 들고 은의 남편을 겨냥했다. 남편 얼굴의 저 빛은 하지만 조명발일 수도 있고, 로션 탓일 수도 있고, 그의 착각이거나 질투심의 반영일 수도 있었다. 셔터 소리가 나자 남편이 갑자기 고개를 들고 무표정한 얼굴로 그를 바라봤다. 은이 파티 스내퍼야, 하고 말하고는 당신이 부르라고 했잖아, 라고 덧붙였다.

"늦어서 미안합니다." 은의 남편이 은과 함께 피아노 옆에 서서 거실을 향해 말했다. 10시 10분이었다. 인터넷에서 검색을 하면 은의 남편은 기업인으로 나왔다. 은과 결혼한 2031년 이후로 양쪽 가족의 기업체들을 오가며 여러 직책을 거쳤다. 최근 뉴스로는 러시아 북동부 오지에 중국인 기후 난민들을 위한 정착지를 세우는 대규모 컨소시엄에 참여했다는 이야기가 떴다.

"성가신 일이 있었어요. 오다가 리베라청담 라운지에 잠깐 들렀는데 늑대인간족이 습격을 했지 뭡니까, 두 마리가." 은의 남편이 담청색 재킷의 칼라를 만지작거리며 말했다. 거실 곳곳에서 놀라는 소리가 들렸다.

"낮에 몰래 호텔로 들어와 어딘가 숨어 있었겠죠." 은의 남편이 왼팔을 들어 올렸다. 재킷 소매가 세 갈래로 찢겨 있었다. 은이 손으로 입을 막았다.

"늑대인간을 만났을 때 매뉴얼은 다들 알지 않아요? 놈들의 식탐을 이용하는 거죠. 라운지에 있던 바리스타가 재빨리 찬장에 두었던 비첸향 육포를 한 주먹 뿌렸어요. 비첸향 냄새를 당해낼 견종은 없다고 봐야죠. 그걸 뿌리니까 놈들이 우리한테 달려들다 말고 방향을 확 바꿔서, 육포를 향해 달려가지 않겠어요? 아, 오는 길에 떠오른 시적인 표현인데 하늘에 뿌려진 별을 쫓는 사냥꾼 오리온처럼 말이에요. 그 틈에 경호원들이 총을 뽑았죠."

"저 친구!" 은의 남편이 현관을 지키고 서 있는 녹색 눈의 백인을 손가락으로 가리켰다. "저 친구가 늑대인간 두 놈 중 큰 놈의 대가리를 총알로 뚫어버렸어요." 그가 박수를 치자 손님들도 따라서 쳤다. 최도 박수를 쳤다.

"좀 작은 늑대는 벌집이 되도록 총을 맞았고요. 죽은 척이라도 하지 기어코 아등바등 우리 쪽으로 기어왔거든요. 큰 늑대의 아들이 아니었을까……."

"우리 가족이 비록 종교인은 아니지만, 그놈들도 처음엔 사람의 형상을 하고 있었을 테니 명복을 빌어줄까요?" 그가 잠깐 묵념하는 시늉을 하자 손님 몇몇도 따라서 고개를 숙였다.

"소매는 어떻게 된 거야?" 은이 물었다.

"확인 사살을 하려고 다가갔는데 놈이 앞발로 움켜쥐었어. 잘 안 죽더라고, 가진 건 목숨뿐인 놈들이라……." 은의 남편이 절레절레 고개를 저었다.

"아무튼 늑대인간을 만났을 땐 육포를 뿌리세요." 은의 남편이 목소리를 높였다. "한 손엔 총, 한 손엔 육포." 웃음소리로 거실이 떠들썩해졌다.

은 부부가 옷을 갈아입으러 2층 침실로 올라간 사이 최는 손님들 사이를 돌아다니며 사진을 찍었다. 다들 은의 남편이 겪은 것과 비슷한 일들을 몇 번씩 겪었다. 늑대인간을 사냥하고 좀비를 때려잡고 뱀파이어를 불태운 무용담이 없는 사람은 없었다. 한 여자는 킬힐 굽에 좀비의 썩은 눈알을 꽂고 서울 시청 홀을 돌아다닌 이야기를 신이 나서 떠들어댔다. 좀비족이나 늑대인간족을 물리치는 일은 많은 서울 시민에게 흔한 경험이었다. 최와 혜주도 아까 이곳에 오면서 팔 하나가 떨어져 나간 좀비족과 마주쳤으니.

늑대인간이라곤 하지만 진짜 늑대처럼 몸동작이 빠르고 힘이 세지는 않았다. 그런 늑대인간족은 없었다. 인간이 병들어 늑대로 변한 것이므로, 실은 병든 인간에 털가죽을 씌워놓은 것과 비슷했다. 병이 들어서 같은 덩치의 인간보다 근력도 약했고, 두 발로 서서 다니다가 갑자기 네발로 다니려니 당연히 걸음걸이도 어설펐고 느려 터졌다. 구부정한 등 때문에 인간의 얼굴을 올려다보는 일도 힘들었다. 인간의 손이 늑대의 발로 변하면서 손가락이 짧고 두툼해졌

기 때문에, 인간이었을 때처럼 섬세한 손동작도 불가
능해졌다.

늑대인간이 은의 남편 재킷 소매를 찢어놓은 건,
최가 생각하기에 살려달라는 몸짓이었을 가능성이
컸다. 쏘지 말라고, 살려달라고 손을 뻗었는데 공격
으로 오해를 사 총을 맞았고, 근육이 위축돼 그만 발
톱에 힘이 들어갔던 것이다. 아니면 용서를 비는 몸
짓이었거나. 리베라청담 호텔 라운지에 침입한 것도
인간을 습격하려 했던 것이 아니라 그저 배가 고파
서였을 것이다. 허기를 어찌하지 못하고, 먹고 먹어
도 배를 곯는 느낌을 어찌하지 못하고.

늑대인간족은 잡식성이라 쓰레기통도 뒤졌지만
인간의 살도 먹었다. 먹는 광경이 방송을 탄 적도 많
아서 그 사실을 의심하는 사람은 없었다. 하지만 그
살이 살아 있는 사람을 사냥해 얻어진 것이라고 믿
는 사람은 얼마 없었다. 늑대인간족은 이미 죽은 사
람이나 특히 좀비족의 살을 먹었다. 그들은 거리의

청소부였다. 그들의 허약한 힘이나 굼뜬 스피드, 비효율적인 동작을 봤을 때 인간을 사냥하기보다는 인간에게 사냥당하기 훨씬 쉬웠다. 은의 남편 이야기는 호텔 라운지에 잘못 들어온 늑대인간 부자를 애꿎게 사냥해 죽이고는, 자기가 죽을 위기에서 탈출한 것처럼 각색한 이야기라고 봐야 했다.

혜주를 찾다가 최는 식당의 바로 가 오이와 민트 잎을 썰어 넣은 막걸리를 시켰다. 늙은 바텐더는 눈두덩이 습진에 걸린 것처럼 젖어 있었고 다크서클이 벌써부터 늘어지고 있었다. 뷔페 테이블은 새로운 식사거리와 안주거리로 채워져 있었다. 파티는 내일 아침 날이 밝을 때까지 계속될 텐데 바텐더가 얼마나 버틸지 궁금했다. 그는 피곤해 보이세요, 하고 잔을 받았다. "스냅사진 한 장 찍어드려요?"

바텐더는 한 발 물러나 와인 선반에 등을 기대고 미소를 지어 보였다. 최가 오늘 본 가장 피곤한 미소였다. 안색이 처음보다 더 창백해졌고 다크서클의 길이를 보니 자정이 지나기도 전에 뱀파이어로 변할 것만 같았다.

최는 명함에 '2242'라고 적어서 건네주었다. "사진을 받고 싶으시면 명함에 나와 있는 전화번호로, 이 명함 사진을 찍어서 보내주시면 됩니다. 그러면 아저씨 사진을 답장으로 보내드릴게요." 바텐더는 잠자코 고개를 끄덕이고는 다른 손님의 주문을 받았다.

"어이, 최수!"

하늘거리는 우윳빛 튜닉 원피스에 핫팬츠를 입은 누군가가 최 앞에 양팔을 벌리고 섰다. 어깨만 좁았지 덩치는 최만 한 여자였다. 우윳빛 옷깃 위에서 가무잡잡한 얼굴이 건들거리고 있었다.

최의 멍한 머릿속에 민이라는 이름이 떠올랐다.

"여기는 웬일이야?" 최가 두 눈으로 혜주를 찾으며 물었다. 거실에도 로지아 쪽에도 발코니 쪽에도 그녀의 모습은 없었다.

"뭐가 웬일이야? 난 여기 살아. 넌?" 민이가 와인 잔을 든 채로 와락 껴안으며 소리쳤다. 차가운 와인 방울이 최의 목덜미에 튀었다. 민이의 거친 숨에서 술 냄새가 확 끼쳤다. 화장품 냄새와 와인, 막걸리, 진, 위스키, 그리고 고수 향인지 마리화나 향인지 모를 냄새가 코끝을 후려쳤다. 그러고 보니 술에 취해 몸을 가누지 못하는 손님이 한둘이 아니었다. 다들 점점 더 독한 술을 마시고 있었다.

"나 술 더 먹으면 기절할지도 몰라." 민이가 최의 팔에 안기며 중얼거렸다. 물컹한 가슴과 뱃살이 느껴졌다.

"앉자, 앉자." 최가 민이를 소파 쪽으로 끌어당겼지만 그녀는 찬바람을 쐬겠다며 로지아 쪽으로 그를 끌고 갔다. 로지아에서는 아직도 손님들이 전망경을 둘러싸고 구경거리를 찾고 있었다. 아까 남자가 뛰어내렸던 빌딩은 어둠에 묻혀 불빛 하나 보이지 않았다. 술 취한 남자가 전망경을 좌우로 거칠게 흔들면서 로데오 황소를 탄 카우보이 흉내를 내고 있었다. 셔츠까지 로데오 셔츠를 걸쳤다. 남자가 끼랴, 끼랴, 하고 괴성을 지르자 그 옆의 여자는 허공을 향해 칭다오 병을 쭉 추켜올리며 "마알 달리자! 인생 뭐 있어? 암것도 없더라!" 하고 소리를 질렀다.

민이는 몇 번이나 균형을 잃고 로지아 아래 구룡산 기슭 쪽으로 비틀거렸다. 그러다가 무릎을 꿇고 암흑에 대고 오바이트를 했다.

"저것들이 날 잡아먹으러 올 거야. 내 내장 냄새를 맡고 올라올 거야." 민이는 달빛을 받아 냉랭하게 빛나는 타일 바닥에 두 손을 짚고는 꺽꺽거렸다.

최는 아예 드러누워 머리를 허공에 내놓은 민이를 물끄러미 내려다보았다. 잡아먹힐 것을 걱정하는 사람이 웃는 낮으로 뭔가 중얼거리고 있었다. 민이는 그가 혜주에게 차인 다음 사귄 여자였다. 그는 남녀 관계에서 정절을 지키고 조신하게 살아온 남자는 아니었다. 바람둥이까지는 아니더라도, 은과 멀어지고 난 후로 은의 빈자리를 채우려는 듯 연애를 하는 데 조바심을 쳤다. 양다리를 걸친 적도 있었다. 혜주와 사귀는 지금도 그는 경쟁 잡지사 사진기자의 관심을 끌려고 틈틈이 허튼 시도를 해대고 있었다.

민이와는 혜주에게 돌아간 다음에도 간헐적으로 연인 관계가 이어지다 점점 뜸해졌고, 두어 해 전에 연락이 끊겼다. 그녀는 그와 사귈 때도 부자 티가 안 났다. 경호원도 없었고 차도 닛산의 경차를 타고 다녔다. 그래서 그녀를 만 가족 타운하우스에서 다시 만난 것이 그는 놀랍기만 했다.

"야, 네가 어떻게 여기 주민이냐?" 최가 쪼그리고 앉아 민이의 얼굴 위로 고개를 수그리고 물었다.

"양, 니가 엉떻게 여기 주밍이냥?" 민이가 최의 말을 따라 하고는 소리 내 웃었다. "웽? 나능 만 가종이 명 앙 되냥? 웅? 앙 됑?" 그녀가 일어나 앉아 정신을 차리는 동안 최는 바에 가서 차가운 레몬 탄산수와

펩시콜라를 가져왔다. "넝 아징도 스냉사징이나 찡고 다니냥?"

민이는 기후 난민 구호단체를 통해 알았다. 최가 인턴 사진기자로 첫발을 뗀 잡지사에서, 한강변에 조성된 난민촌에서 이상한 일이 보고되고 있으니 증거가 될 만한 사진을 찍어 오라는 지시를 받았다.

난민촌에서 최를 맞아준 게 민이였다. 난민촌은 김포의 아라한강갑문에서부터 난지한강공원의 난지 캠핑장까지 한강 좌우안에 걸쳐 조성되어 있었다. 김포공항과 인천 여객 터미널을 통해 입국한 난민들이 곧장 난민촌으로 이송되었다. 공개된 항공사진을 찾아보면, 새빨간 텐트들의 행렬이 한강을 따라 속살을 드러낸 자상처럼 기다랗게 이어져 있었다.

"덥죠?" 민이는 영어의 욕지거리를 섞어 첫인사 대신 물었다. 이때만 해도 그녀에겐, 오랜 유학 생활에서 밴 뉴욕 한인 타운의 버르장머리 없는 갱 같은 행

9 3

동과 말투가 남아 있었다.

"더워요."

섭씨 42도를 오르내리는 6월의 어느 날이었고 둘의 인사는 그것으로 충분했다. 그래도 그때는 선크림만 잘 바르면 아직 낮에도 서울 시내를 돌아다닐 수 있었다. 민이는 난민촌을 둘러싼 3미터 높이의 철망 너머에서 철문을 열었다.

"캠프 안은 더 덥죠? 원래는 둔치 양편에 텐트를 쳤는데 에어컨 실외기 바람이 좌우에서 몰아치는 바람에 캠프 온도가 50도까지 올랐었대요. 그래서 구호대원 몇 명인가가 벌겋게 익어서 일사병으로 죽었다죠, 빌어먹을. 사상자가 나오는 걸 보면 전쟁터나 다름없어요. 장마철엔 홍수가 나서 강 쪽에 설치한 텐트들이 전부 떠내려가기도 했고요. 그땐 또 얼마나 죽었는지. 그래서 강 쪽 텐트는 전부 철거하고 도로 쪽만 남겨둔 거예요."

텐트 바깥에 접이식 의자를 내놓고 짙은 갈색의 사

람들이 나와 앉아 있었다. 대개는 홍수와 가뭄으로 삶의 터전을 잃고 조국을 떠나온 사람들이었다. 재해는 해가 갈수록 더 끔찍해질 테니 차라리 나라를 바꾸려는 것이었다. 하지만 한국도 매년 사람이 살기 어려운 환경이 되어가기는 마찬가지였다.

최는 인종 전시장의 한복판을 걷는 기분이었다. 서울에서 평소에는 맡기 어려운 냄새가 코끝을 간질였다. 기후 난민들은 제 살던 나라의 고유한 악취, 제 인종의 독특한 체취까지 끌고 들어왔다. 다행히 한강 둔치라 바람이 세서 냄새는 오래 머물지 않았다. 민이는 난민촌에 상하수도 설비까지 완비해놓은 나라는 아시아에서 한국과 일본뿐이라고 했다. 그녀는 라오스와 케냐에서 온 일가가 살고 있는 텐트 안으로 그를 데리고 들어갔다. 그는 텐트 안에 잠깐도 머물 수가 없었다. 끈적끈적한 독한 공기에 눈이 아려오고 눈물이 났다. 그는 바깥으로 뛰쳐나와 심호흡을 하곤 다시 안에 들어가 재빨리 사진을 찍었다.

"고양이 소녀를 봤다는 데가 어디예요?" 최가 물었다.

민이는 최를 난민촌 깊숙한 곳으로 이끌었다. 텐트 열 개마다 공용 쓰레기통이 놓였는데 그중 하나의 앞이었다. 그녀는 재활용, 재활용 불가, 음식물이라고 쓰인 쓰레기통 중에서 음식물 쓰레기통을 가리켰다.

"고양이 소녀라고 누가 그래요?"

민이는 한강 둔치라 쥐가 들끓어 시청에서 길고양이를 데려와 풀어놓았다고 했다. 하지만 길고양이 중엔 사냥에 소질이 없는 놈들도 많아 그런 아이들이 음식물 쓰레기통을 뒤졌다. 그래서 구호대원들이 고양이 사료를 가져다 음식물 쓰레기통 앞에 놓아두기 시작했다. 그녀는 지난 5월 초쯤에 17시 순찰을 돈 이야기를 했다. 구호대원은 19시 이후엔 난민촌 안에 남아 있을 수 없었다.

"먼발치로 이 쓰레기통 앞에 쭈그리고 있는 사람이 보이는 거예요. 주위로 고양이 몇 마리가 어른거리고요. 그래서 난 난민 어린애가 고양이들이랑 놀고 있는가 보다 생각했죠. 근데 가까이 갈수록 뭔가 느낌이 다른 거예요. 고양이들이 하악질을 하고 어린애는 팔을 휘두르고 있고."

민이가 가까이 가보니 포니테일을 한 소녀가 한 손으로 고양이 사료를 집어 먹으면서, 다른 손으론 사료를 지키려는 고양이들을 쫓아내고 있더라고 했다.

"식사가 부족한 건 아니에요. 영양이나 맛이 부족할 순 있어도 양이 부족했던 적은 없어요." 민이는 어째서 소녀가 고양이 사료를 빼앗아 먹는지 알 수가 없었다. 그런 일은 아직까지 난민촌에 없었다. 체구가 워낙 작아 자신도 충분히 말릴 수 있을 것 같아 몇 발짝 더 가까이 갔다고 했다. 처음엔 피부색이 짙어 흑인 소녀인가 했는데, 다가갈수록 피부색이 갈색이나 검은색이 아니라 푸르뎅뎅한 피멍 색깔에 가까워 보였다.

"전에 경찰에게 대들다가 머리가 깨진 난민을 하

나 응급 처치한 적이 있거든요. 핏물이 땀과 기름에 뭉친 머리털 위로 배어 나오면서 그 색, 크림슨 색으로 물드는 거예요. 새빨간 피가 햇볕 아래 머리털 위로 흘러내리면서 검푸르게 반짝거릴 때 나는 보랏빛. 피멍 색, 크림슨."

민이는 그 포니테일 소녀의 살갗 대부분이 원래 인종을 못 알아볼 만치 크림슨 색깔로 뒤덮여 있었다고 했다. 인기척을 느꼈는지 소녀가 엉거주춤 일어서며 고개를 돌렸는데, 그녀는 그만 비명을 지르고 말았다. 얼굴도 크림슨 색으로 덮여 있었고 두 눈은 황달에 걸린 듯이 노랬다고 했다. 자신을 바라보는 소녀의 눈빛이 얼마나 무심해 보였던지, 마치 물건이나 죽은 사람을 보는 듯했고, 소름이 끼쳤다고 했다.

"난 누가 날 그렇게 보는 걸 못 참겠어요, 지랄…….
날 물건 보듯 보고 있더라고요, 그런 느낌 알아요? 누가 날 보고 있는데 그 눈빛에서 아무것도 느껴지지 않을 때. 죽은 사람 보듯 하는 시선."

민이는 훈련받은 대로 천천히 뒷걸음질 치면서 무선 호출기의 빨간색 버튼을 미친 듯이 눌렀다. 물론 소녀가 그녀를 쫓아오거나 하지는 않았다. 소녀는 그녀가 멀어지자 다시 쪼그리고 앉아 고양이들과 사료를 두고 다투기 시작했다. 그녀는 달려오는 경비들을 확인하고 정신을 잃었다.

사귀기 시작하고 나서 최는 민이가, 그 순간에도 평소처럼 몸을 웅크리고 기절을 했는지 궁금했다. 그녀는 섹스를 하고 난 뒤에도 모종의 위협으로부터 자신을 보호하려는 듯 몸을 둥글게 말고 잤다. 그녀는 침대에서건 카페에서건 술집에서건 잠을 잘 때, 자신을 보호하려는 듯 꼭 몸을 동그랗게 말았다. 그래서 작은 체구가 아닌데도 잠든 동안만큼은 항상 작은 동물처럼 귀엽고 사랑스러웠다.

민이는 몸을 둥글게 말고 잔다.

민이는 혜주가 나중에야, 자기 신랑을 뜯어먹은 게 늑대인간이었다는 사실을 안 것처럼 그 소녀가 좀비였다는 사실을 알았다. 소녀의 피부를 뒤덮은 멍은 산 채로 몸이 썩어가면서 생기는 시반 같은 것이었다.

"좀비라니⋯⋯. 그게 뭐였든, 얼마나 배가 고팠으면 고양이 밥을 다 훔쳐 먹었을까 싶으면서도 불안한 예감이 자꾸 들어. 저것들이 언젠가는 은혜도 모르고 내 뒤통수를 치고 내 내장을 뒤집어놓겠지, 내 뼈까지 다 발라먹겠지 하는."

올 패밀리즈

최는 민이를 일으켜 세워 함께 거실로 나갔다. 자일러 피아노에 은과 은의 남편이 나란히 앉아 있었다. 둘은 벌써 한 곡을 끝내고 박수를 받고 있었다.

"다음 곡은 「바이 바이 블랙버드」인데, 아시죠? 에타 제임스가 아니라 에타 존스입니다. 플루트와 베이스 파트를 피아노로 편곡했어요."

은이 흥겨운 박자로 연주를 시작하고 몇 소절 지난 다음 남편이 가늘고 여린 고음부의 플루트 파트를 피아노로 연주하기 시작했다. 은은 저음부의 베이스 파트를 이어서 피아노로 연주했다. 그렇게 둘은 고음부와 저음부를 번갈아가며 피아노 한 대로 로커빌리풍의 옛 재즈곡을 들려줬다.

은 부부가 연주에 열중해 있는 동안 최는 피아노 주위를 돌며 사진을 찍었다. 자연광 상태가 아닌 데다 끊임없이 손가락을 놀리고 어깨를 들썩이는 피사체를 제대로 담기 위해 그는 긴장을 했다. 오늘이 지나면 은은 틀림없이 사진을 달라고 할 것이고, 반반의 확률로 편집장은 잡지에 싣자고 제안을 해올지도 모른다. 그는 사진에 부부의 얼굴은 화사하고 선명하게 나오고, 스무 개의 손가락은 물결치며 건반 위를 흘러가는 안개처럼 흐릿하게 나오길 바랐다.

연주를 마치고 은 부부는 자리에서 일어나 와인 잔을 들었다.

건배사는 '더 건강한 부를 위하여!'였다. "기회가 누구한테나 충분히 주어졌다고 생각하지는 않아요." 은의 남편이 건배를 하고는 말했다. "기회는 늘 우리가 더 많이 갖곤 했죠. 그걸 부정할 분이 이 자리에 있으리라고는 생각하지 않아요. 경쟁은 공정하지 않았고 세상은 대체로 우리 편이었죠."

은의 남편이 말을 끊고 미소를 짓자 박수 소리가
났다.

"우리는 세상의 승자가 됐어요. 그래요, 우리는 승
자고 바로 그래서 돌연변이가 되지 않고 부모님이 물
려주신 그대로의 인간다움을 지킬 수 있게 됐어요."

누군가가 장난스럽게 아멘! 하고 외쳤다.

"패배한 사람들이요? 패배한 사람은 여기 없는 사
람이죠. 만 가족 타운하우스에 살지 않는 사람들이에
요." 은의 남편이 말하자 거실 가운데 폭풍이 이는 것
처럼 환호성이 울려 퍼졌다. 은은 남편을 향해 웃다
가 말고 최를 힐긋 바라보며 모호한 표정을 지었다.

"장인어른이 그러시더라고요. 진짜 부자 가족은
재산이 많은 가족이 아니라, 부양해야 할 다른 가족
을 더 많이 거느린 가족이다…… 요즘 실감하고 있
습니다. 올해 일사분기 우리 가족이 주는 월급으로
먹고사는 가족이 세계적으로 5천 가족을 넘어섰습
니다."

박수와 탄성이 거실에 넘실거렸다. 최와 혜주의 가족도 그 5천 가족 중의 하나였다. 손님들 중 누구 하나 은 남편의 말에 의문을 달거나 항의하는 사람이 없었다. 이 파티에 그럴 사람은 없었다. 그들도 만 가족의 일원이었고, 패배한 사람은 파티에 초대받지 못했다. 패배한 사람은 지금 어둠에 잠긴 서울의 어딘가에서, 잠자리에 들기 전에 공포와 허기에 떨며 창밖을 살피고 있거나, 마침내 늑대인간이나 뱀파이어로 변해 밤거리를 배회하고 있을 것이었다.

최는 경험상, 가족을 세상에서 가장 사랑한다고 고백하는 사람은 조심해야 한다는 사실을 알고 있었다. 그런 사람은 자기 가족에게 약간의 해가 될 가능성, 그저 해가 될 수 있다는 생각만으로도 친구든 다른 가족이든 누구든 공격할 수 있었다. 은의 남편은 다른 가족을 먹여 살리는 데 자부심을 느끼고 있는 모양이지만, 그것도 자기 가족에게 이득이 될 때만 그럴 것이었다. 다른 가족이 자기 가족의 안녕과 부

를 위협한다면 은의 남편은 전쟁이라도 일으키려 할
것이다.

　은 부부는 무대에서 내려와 손님들 사이에 섞였다.
민이가 최의 팔꿈치를 놓더니 앞으로 나갔다. 민이
가 와인 잔을 높이 치켜들며 어이, 준일이, 하고 새된
소리를 질렀다. 최는 먼발치에서 은의 남편이 민이를
환한 얼굴로 맞으며 살짝 껴안는 것을 봤다. 셋은 잔
을 부딪치며 신나게 대화를 나누기 시작했다. 다른
손님들은 셋을 둘러싸고 대화에는 끼어들지 않으면
서 셋을 따라 웃거나 고개를 끄덕이고 어깨를 들썩였
다. 최는 문득 은의 가족보다 민이의 가족이 더 힘이
센 가족일 수도 있겠다는 생각을 했다.

　최는 다시 혼자가 되어 거실의 소파로 돌아갔다.
한강 난민촌에서 처음 만난 다음, 그와 민이는 기후
난민 실태 조사를 하러 이탈리아 나폴리로 떠났다.
구호단체를 통해 들어온 일거리였는데 공항에 나가

보니 그녀가 손을 흔들고 있었다. 이탈리아 나폴리는 이미 아프리카에서 건너온 기후 난민들로 시 인구가 20년 전의 두 배로 불어난 상태였다. 어딜 가나 계절에 맞지 않는 옷을 걸친 흑인들이 음울한 파도처럼 몰려다녔다. 한겨울이라 나폴리도 쌀쌀했는데, 흑인들은 아직 보트에서 내린 그대로 반팔 차림인 경우가 많았다. 두 팔을 감싸 안고 와들와들 떠는 흑인들이 길가에 몰려 있으면, 구호 트럭이 지나가면서 방한 점퍼가 든 비닐봉지를 뿌렸다.

"난민촌이 더는 감당 못 해요. 난민이 도시의 수용 능력을 초과했어요. 텐트 놓을 자리가 나폴리에 없어요. 그래서 항구에서 일단 신원 확인만 하고 거리로 내보냅니다."

안내를 맡은 구호단체 직원이 최와 민이에게 말했다. 최는 듣는 둥 마는 둥 신이 나서 셔터 버튼을 눌러댔다.

"그다음에는 군인들 몫이죠. 닥치는 대로 잡아다

가 군 기지나 수용소가 있는 섬으로 실어 보내요. 그
런 다음 군용 화물기나 군 수송선에 태워 다시 아프
리카로 돌려보냅니다."

최는 어떻게 그럴 수 있냐고 반문하려다 직원의 점
퍼 안쪽에 꽂힌 권총을 보고는 입을 다물었다. 나폴
리에는 계엄령이 내려졌다. 직원도 군에서 파견한 사
람이었다. 최와 민이는 그 직원 없이는 거리를 돌아
다닐 수 없었다. 멋대로 거리로 나왔다가는 군 수송
함에 실려 튀니지 어딘가의 우물이 말라버린 항구에
버려질지도 몰랐다.

"저 사람들은 어떻게 돼요?"

"거리에 나왔으니 군인들이 잡겠죠. 그러고 나서
아프리카로 보내지면……. 셋 중의 하나가 아닐까
요? 햇볕에 타 죽거나 목이 말라 탈수로 죽거나 반란
군 총에 맞아 죽거나."

민이는 불안한 기색이 역력해져선 술을 찾기 시작
했다. 나폴리에 머무는 일주일 내내 그녀는 술을 마

셨다. 술이 지나치면 주정을 부렸다. 하지만 둘을 에스코트하는 직원은 그녀가 행패를 부릴 때에도 높은 직책의 상관 대하듯 매 순간 공손했다.

둘은 호텔 스낵바에서 매일 저녁 오렌지를 썰어 넣은 캄파리를 홀짝이며 흑인들이 군인들에게 잡혀가는 모습을 지켜봤다. 흑인들은 군인들이 밀기만 해도 바닥에 쓰러져 굴렀다. 하루는 더러운 반팔 셔츠 차림의 흑인이, 키가 허벅지에도 오지 않는 어린 여자아이를 데리고 호텔 앞에서 음식물 쓰레기통을 뒤지는 모습을 보기도 했다. 한강 난민촌에서 봤던 고양이 소녀가 떠올랐는지 민이는 저녁 식사로 나온 봉골레 파스타를 한입 가득 물었다가 다 뱉어내고 곁을 지키던 구호단체 직원에게 욕설을 듬뿍 섞어 고함을 질러댔다.

이탈리아에서 돌아온 다음에도 최와 민이는 계속 만날 일이 생겼다. 구호단체를 통해 일거리가 들어와 나가보면 그녀가 있었다. 기후 난민의 주거를 보장하라는 시위를 할 때는 광화문에 나가 그녀가 플래카드를 들고 있는 보도사진을 찍기도 했다. 사진을 찍어 구호단체 홍보 담당에게 보내면 적어도 일간지 한 군데, 인터넷 언론 두 군데 정도에 실렸고 통장에 사진 사용료가 입금되었다. 몇 번인가 허핑턴포스트 코리아에 팔린 적도 있었다.

사진이 실리면 민이는 전화를 걸어 초상권 운운하며 술을 사라고 했다. 하지만 술값은 그녀가 냈다. 그때까지도 그는 그녀의 신분을 눈치채지 못했다. 뭔가 찜찜하긴 했지만 그저 매번 술값을 낼 수 있을 정도만 자기보다 잘사는 친구라고 생각했다. 그녀가 은처럼 천만 원씩 하는 옷을 걸치거나 액세서리를 한 적은 없었다. 유럽에서 건너온 명품 브랜드이긴 했지만 그도 알아볼 수 있는 중저가 제품들이었다. 술 취한 그녀를 태우러 오는 리무진도 눈이 휘둥그레질 수준은 아니었다. 다만 매번 차종이 달라지긴 했다.

따라다니는 경호원도 보이지는 않았다. 없을 리 없었겠지만.

어쩌면 민이와 잘될 수도 있었다. 혜주가 아니라 그녀가 현재 애인이었을 수도 있었다. 하지만 그녀의 음주 스타일은 그가 감당할 수 있는 게 아니었다. 그도 술을 좋아했지만 주로 일을 끝내고 불안한 마음을 달래기 위해 마셨다. 수전증으로 손을 떨게 될까 봐 많이 마시지도 못했다. 그녀는 술을 킵 해놓고 마시는 바가 서울에 열 군데쯤 되었고, 밤 시간에는 항상 취해 있었다. 같이 침대에 들기도 어려웠다. 그녀는 이따금 침대에서도 토해 그의 가슴팍을 더럽혀놓곤 했다.

민이가 갑자기 나타나 소파로 몸을 던졌다. "야, 최수. 너 가서 잭콕 좀 만들어와. 비율은 거품 없이 일대일이라고 해." 술이 좀 깬 모양인지 그녀의 뺨은 다시 제 혈색으로 돌아왔고 혀 꼬부라진 소리도 덜 했다. "잭콕 한잔하고 술 깨서 오랜만에 네 엉덩이나

1 1 1

만져보자."

최는 바로 갔다. 거실 곳곳에 주저앉은 손님들이 보였다. 층계에도 널브러진 배불뚝이 남자가 있었다. 그는 만취해 몸을 가누지도 못하는 레즈비언 커플의 사진을 찍어주고 '2324'라고 명함에 써줬다. 그는 바텐더에게 거품 없이 일대일로 잭콕 두 잔을 만들어달라고 했다. 늙은 바텐더는 창백하기가 이제 시체 같았고 다크서클은 더 길고 어둡게 늘어져 있었다. 사랭死冷의 기운이 바를 휘돌고 있는 듯했다.

"추워요. 춥다고." 최가 취한 목소리로 중얼거렸다.

"27도인데요?" 바텐더가 조리용 온도계를 들어 보이며 말했다. 4월, 맑은 날 자정 가까운 시간에 27도면 정상이었다. 만져보니 이마가 땀으로 끈끈했다.

"어라, 말도 하시네." 최가 두 손에 한 잔씩 술잔을 쥐고는 바에서 비켜났다. "다음에 올 때는 이빨도 드러내세요, 뱀파이어 아저씨."

최와 민이는 나란히 소파에 앉아 차가운 술을 홀

짝였다. 거실과 로지아, 발코니 할 것 없이 아이스버 킷이 쏟아진 자리처럼 흥건하고 제멋대로였다. 처음 의 그 고상한 분위기는 깨지고 흐트러지고 사라져버 렸다. 발코니 쪽에서 한 남자가 무릎을 꿇고 귀먹은 비명을 지르고 있었다. 누가 자꾸 소파를 치기에 넘 겨다보니 소파 등받이 아래에서 남녀가 몸을 더듬고 있었다.

"결혼은 했어?" 민이가 술잔으로 뺨을 문지르며 물었다.

"아니. 너는?" 최가 세차게 고개를 저었다.

"했지. 사귀는 사람은 있어?"

"있어."

"그래? 어떤 사람이야?"

"여기 어디 있을 텐데……" 최가 고개를 들어 두리 번거리며 말했다. 식당 쪽에서 오랑우탄 엉덩이를 한 남자가 웨이트리스의 허리를 감싸 안고 화장실 안으 로 끌고 들어가고 있었다. 웨이트리스는 뺨을 갈기고 발길질을 하고 소리를 질렀다. 그는 그 광경을 뻔히 쳐다보면서도 뭘 해야 할지 얼른 판단이 서질 않았다.

"나 화장실 좀."

최는 거실을 나가 화장실로 이어지는 작은 통로로 갔다. 아무 소리도 들리지 않았다. 그는 카메라를 들고 조리개 속도와 노출 값을 다시 맞췄다. 남자 화장실 문을 힘주어 열자 아까 그 남자가 와이셔츠를 열어젖히고는 코를 골며 문가 바닥에 누워 있었다. 웨이트리스가 잰걸음으로 세면대 앞을 서성이며 머리를 쥐어뜯고 있었다.

"나가요, 얼른." 최는 웨이트리스가 나갈 때까지 문을 잡고 비켜서 있었다. 몸싸움을 하지 않아도 돼서 다행이었다. 그는 카메라를 들고 시커먼 배꼽을 드러내고 있는 남자를 몇 방 찍었다. 이런 일에는 몸싸움보다는 카메라가 더 효과적이었다. 그는 명함에 '2351'이라고 적고는 배 위에 떨어뜨려놓았다.

최는 소파로 돌아와 민이와 수다를 떨었다. 그새 흥미를 잃었는지 그녀는 최의 연애에 대해 더는 묻지 않았다. 꼬였던 혀는 풀어졌지만 알딸딸한 상태는 계속됐다. 은은 발코니 쪽에 서 있었고 은의 남편은 로지아 쪽에서 손님들에 둘러싸여 있었다. 혜주는 여전히 보이지 않았다.

"이리 와봐." 민이가 최의 멱살을 잡고 끌어당겼다. 얼음 알갱이가 그의 입속으로 넘어왔다. 콜라의 달콤한 맛과 위스키의 쓴맛과 침의 역겨운 맛이 얼음과 함께 혀 위를 굴러다녔다. 그는 그녀가 하는 대로 두었다.

"남편은?" 최는 민이와 침대에서 보냈던 시간들을 떠올렸다. 그는 애초에 좋은 남자가 아니었다. 혜주 몰래 외도를 할 기회를 잡았다는 짜릿한 느낌에 뺨이 달아올랐다.

"여기 없어, 내가 멀리 보내버렸어." 민이는 잔을 기울여 얼음 알갱이를 입에 물고는 다시 입을 맞췄다. 얼음이 또 최의 혀 위를 굴러다녔다.

"봐봐, 내가 같이 사는 남자는 너 같지 않아서 영 딱딱하지가 않거든." 최는 둔해진 머리에도, 더럽다는 느낌이 들지 않는 걸 보니 아직 민이에 대한 사랑이 식지 않은 게 틀림없다는 생각을 했다.

"누가 보면? 은이나……."

그러자 민이는 째지는 소리를 내며 웃음을 터뜨렸다.

"그래서? 누구한테 날 일러? 누가 있다고?"

이번엔 최가 입을 맞췄다. 1층에는 둘만 있을 공간이 없었다. 둘은 소파에서 일어나 사람들을 타 넘으며 2층으로 올라갔다.

2층은 1층보다 더 넓었다. 1층은 로지아와 발코니와 식당이 너무 많은 공간을 차지했다. 2층에는 가운데에 원형 응접실이 커다랗게 자리하고, 응접실을 둘러싼 원형 복도를 따라 갖은 용도의 방들이 둥글게 이어져 있었다. 층계가 있는 쪽 맞은편의 작은 홈 바에서는 산발을 한 여자 손님이 어깨를 들썩이며 코냑 병을 기울이고 있었다.

최와 민이는 원형 복도를 시계 반대 방향으로 돌며 방문을 하나씩 두드려보았다. 인기척이 나는 방도 있었고 열리지 않는 방도 있었고 청소 도구가 가득한 방도 있었다. 방문 하나를 두드릴 때마다 키가 엇비슷한 둘은 서로의 목덜미에 썩은 내가 나는 더운 입김을 뿜었다.

"올 패밀리즈, 그거 누구 거였냐?" 최가 물었다. '올 패밀리즈 재단'은 민이와 최가 만났던 국제 구호 단체였다.

"내 거." 민이가 최의 엉덩이를 꼬집으며 말했다.

"지금 말고. 그때는 누구 거였어?" 민이는 잠깐 기억을 더듬더니 작은할아버지 소유였을 거라고 했다. 짐작이 맞았다.

"알 수가 없네. 너나 네 가족이 왜 올 패밀리즈 같은 활동을 하는 거야? 그냥 돈을 풀면 되잖아, 안 그래? 네 가족 땅에 네 돈으로 해비타트 사업을 해서 난민들이 집 짓고 살게 해주면 되잖아?"

"뭐래." 민이는 한심하다는 듯이 눈살을 찌푸렸다.

올 패밀리즈

"맞아, 우리 본가 한 달 관리비면 난민 스무 가족의 주거비와 생활비를 대줄 수 있지. 그렇지만 계산을 해봐. 그냥 돈을 줘버리면 우리 가족은 지갑만 털리지 얻는 게 없잖아. 우리 가족은 얻는 게 없다고." 그녀는 정색을 했다.

"올 패밀리즈는 우리 가족이 유엔에 낸 교환 창구 같은 거야, 주거니 받거니." 민이의 작은할아버지는 말년까지 유엔의 여러 기구를 옮겨 다니며 일했다. 그래서 그녀가 뉴욕에서 유학 생활을 했던 것이다. 그리고 이제 그녀가 작은할아버지의 자리를 노리고 있었다.

전쟁인 것도 모르고

아래층에서 둔탁한 소음이 층계를 타고 들려왔다.
홈 바에 있던 여자가 게슴츠레 눈을 뜨고 몸을 일으
켰다. 다시 소음이 두어 번 연달아 울렸다. 민이가 최
의 손을 끌고 층계로 향했다.

총소리는 로지아 쪽에서 났다. 몸을 가눌 수 없는
사람들 말고는 손님들 거의 전부가 로지아 쪽에 몰
려 있었다. 총소리가 또 났다. 노란 불꽃이 천장까지
튀고 흰 섬광이 길게 사선을 그으며 어둠 속을 날아
갔다. 민이가 최의 손을 끌고 자살 전망대 쪽으로 비
집고 들어갔다. 전망대에선 은이 전망경을 잡고 이
리저리 휘두르고 있고, 은의 남편이 총신이 자기 몸
통만큼이나 긴 라이플로 로지아 축대 아래를 겨누고

있었다. 그리고 녹색 눈의 백인 경호원이 몇 발짝 떨어져 벽에 기대서 있었다. 총은 허가를 받은 경호원만 만질 수 있었다. 만 가족 타운하우스는 확실히 법을 넘어선 구역이었다.

"뭐가 있어?" 민이가 은의 남편에게 소리를 질렀다.

"저 숲을 봐." 은의 남편이 기슭을 향해 총구를 겨누며 말했다. 무엇인가 반짝이는 것들이 나타났다 사라지기를 반복하고 있었다. 이리저리 흘러 다니기도 하고 한자리에서 점멸하기도 했다. 최는 태어나 반딧불이나 도깨비불을 한 번도 본 적이 없지만, 어쨌든 그것은 곤충이 내는 불빛이나 자연에서 저절로 생기는 불빛은 아니었다. 멀리서 봐도 살아 있는 감정이 오싹하게 느껴지는 인간의 불빛이었다. 인간이 인간을 쏘아보는 눈에서 나오는 불빛이었다. 노여움이나 혐오처럼, 특히 증오처럼, 상대의 심장을 가차없이 틀어쥐는 감정을 담고 있는 불빛이었다.

"이런." 민이가 전망경을 은의 손에서 건네받고는

탄식을 질렀다. "늑대인간이잖아. 쟤네들이 왜 저기 모여 있어?"

불빛은 축대에서도 반짝였다. 달빛을 받아 잿빛으로 빛나는 축대에 조명등처럼 바싹 붙어 있었다. 불빛에 딸린 털북숭이 이마도 달빛에 희미하게 빛났다. 늑대인간이 축대를 타고 천천히 기어 올라오고 있었다.

은의 남편이 늑대인간을 향해 총을 쐈다. 최는 뺨이 떨렸다. 총소리가 나자 그 한순간에 기슭에서 불빛 수백 개가 지상에 내려온 은하수처럼 번뜩였다. 신음과 비명과 환호성과 술잔과 술병이 맞부딪는 소리가 뒤섞여 로지아에 몰아쳤다.

"죽었을까?" 은의 남편이 축대를 내려다보며 혼잣말처럼 물었다.

"안 보이긴 해."

"그럼, 임무 완수." 은의 남편이 외치고는 고개를 돌려 최를 바라봤다.

"사진 찍었어요?"

"네?"

은의 남편은 어디서 저런 반푼이를 데려왔느냐는 실망스러운 표정으로 은을 돌아봤다. "다시 잘 찍어 봐요. 왜 있잖아, 영화처럼. 총구에서 불꽃이 촤르르 나가는 장면. 그거 찍어봐요."

하지만 축대를 기어오르는 불빛은 없었다. 늑대인 간을 기다리며 은과 은의 남편과 민이는 경호원이 가져온 맥주로 입을 축였다. 최의 몫은 없었다. 달라 고 할 수도 없었다. 그 순간만큼은 그 셋과 최는 인 간과 늑대인간족만큼이나 멀리 떨어진 사이였다. 옛 연인이나 친구들이 아니라, 그의 밥줄을 틀어쥔 고 용인이자 한국의 거물들이었다.

"먹을 게 있나 찾는 거야." 은이 전망경에 걸친 팔 을 흔들며 중얼거렸다. "늑대인간이 되면 인간의 다 섯 배쯤 허기가 진다잖아." 그 말에 주변 모두가 웃 었다.

"배고프기만 늑대 수준이지, 별로 늑대 같지도 않

아. 힘도 늑대만큼 세졌으면 이깟 축대쯤은 순식간에 돌파할 텐데." 민이가 불쌍하다는 듯 혀를 찼다. "운전사한테 얘기해서 구룡산에 말고기 좀 뿌려놓으라고 해야겠어."

은의 남편이 산토리 맥주병을 높게 치켜올리며 건배를 하자고 외쳤다.

"패배자는 늑대가 되어서도 패배자다!"

은과 민이와 손님들이 모두 따라 외쳤다. 그들은 그래도 되는 사람들이었다. 하지만 최는 아니었고, 그는 건배 대신 카메라를 들고 셔터 버튼을 눌렀다.

"전쟁이 난 것도 모르고 가만히 손 놓고 있다가 저리 된 거지 뭐야." 은이 입가의 맥주 거품을 훔치며 말했다. 은의 이마가 반짝였다.

은이 말하는 전쟁은 자본 전쟁이었다. 중국과 미국의 무역 전쟁이 방아쇠가 되어 전 세계가 억지로 참전한 자본 전쟁이 발발했다. 선진국, 신흥국을 가리지 않고 경제가 바닥을 뚫었다. 치솟는 실업률을 따라 정부의 보호를 받지 못하는 계층의 사망률도 치솟았다. 그에 더해 절망하고 굶주린 사람들 위로 환경 재앙이, 가뭄과 태풍과 홍수와 섭씨 50도의 난파와 섭씨 영하 20도의 한파가 밀어닥쳤다.

하지만 진짜 문제는 대부분의 사람들이 자본 전쟁도 전쟁이라는 생각을 하지 못한 데 있었다. 누구도 그들에게 자본 전쟁이 재래식 전쟁만큼이나 끔찍할 수 있다는 사실을 알려주지 않았다. 사람들은 행진하는 군대도 보이지 않고 총성도 들리지 않고 폭격기도 날아다니지 않으니 세계가 이미 전쟁 중이라는 생각을 할 수가 없었다. 자신들이 이미 자본 전쟁에 말단 병사로 참전한 상태이며, 심지어는 자본의 유탄에 얻어맞아 사망할 위기에 처했다는 사실도 깨닫지 못했다. 그저 곡물 가격이 급상승하고 주식이 폭락하고 성인 열에 넷이 실업자고 아파트 단지마다 불 꺼진 집이 반이라는 사실에만 마음을 졸일 뿐이었다.

그렇게 사람들은 전쟁인 줄도 모르고 참전했고, 그 전쟁에서 자신도 모르는 사이 경제적으로 사망했다. 낙담하고 병든 자본 전쟁의 희생자, 경제적 사상자 중에 많은 수가 물리적으로도 목숨을 끊었다. 아니면 어떻게든 살아남아서 늑대인간족이나 뱀파이어족이나 좀비족 같은 끔찍한 것들로 변했다. 돌연변이를 일으켜서라도 목숨을 부지하려 했다.

물론 은의 가족이나 민이의 가족 같은 일부 가족은 훌륭히 살아남았다. 훌륭하다는 표현밖엔 쓸 수가 없다. 그들은 전쟁이 벌어지고 있다는 사실을 제대로 알고 있었을 뿐만 아니라, 미리 예측하고 대비를 해놓은 사람들이었다.

"저 늑대인간들을 좀 봐." 은이 민이에게 전망경을 넘겨주며 말했다. "가난은 불치병에 전염병이라고. 그 질병에 걸린 사람들이 늑대인간이 된 거고."

"가난은 질병이야." 민이는 새 술병을 땄다. "우리 가족이 그렇게 애를 썼는데도 보람도 없이 결국 저렇게들 되고 말았어. 병든 것들. 이제 저것들이 내 몸뚱이까지 내놓으라고 덤벼들 거야. 살을 뜯고 피를 마시겠지."

그러자 은과 은의 남편이 소리를 내어 웃었다. 경호원도 웃고 다른 손님들도 웃었다.

"우릴 뜯어먹는다고요?" 은의 남편이 큰 소리로 웃었다. "늑대인간은 그저 배고프다고 짖을 줄밖에 모르는데? 네발로 뛸 줄도 몰라 엉금엉금 기는 수준이잖아. 좀비는 어떻고? 평생 노예로 살아온 것들이라 좀비가 되어서도 뭣 한 가지 스스로 할 줄 모르잖아. 날아다니는 뱀파이어 봤어? 박쥐 날개는 있지만 제 몸뚱이 하나 들어 올리지 못하잖아." 은의 남편은 고개를 절레절레 흔들었다. "차라리 뛰는 게 빠르지, 모자란 놈들."

그러고는 바로 방아쇠를 당겼다. 최는 초점을 맞

추지도 않고 셔터 버튼을 눌렀다.

"이제 일 좀 하는구먼." 은의 남편은 자세를 고쳐 잡고는 다시 축대를 겨냥했다. 최가 카메라로 자신을 겨누자 그가 방아쇠를 당기기 시작했다. 카메라의 셔터 소리는 총성에 묻혀 최의 귀에도 들리지 않았다. 은의 남편은 축대를 살피며 불빛이 반짝일 때마다 방아쇠를 당겼다. 축대를 오르면서 눈을 감을 수 없으니 늑대인간들은 발각되기 쉬웠다. 은의 남편은 잘 맞혔다. 총성이 울리면 불빛과 함께 짐승의 울부짖음이 점점이 축대 아래로 사라졌다.

하지만 상황은 곧 달라졌다. 은의 남편이 경호원에게 빈 탄창을 던져주며 얼른 채워오라고 소리쳤다. 최는 로지아 아래로 허리를 굽혀 어둠 속을 내려다보았다. 축대를 타고 올라오는 굼뜬 불빛들이 언뜻 봐도 백 개는 넘었다. 그는 흠칫 놀라서 뒤로 물러섰다. 고개를 드니 맞은편 숲속에서 그보다 몇 배는 많은 불빛이 전진하고 있었다. 혐오하고 노여워하는, 만 가족 타운하우스의 인간을 증오하는 기운이 예리하게 그의 심장을 찌르고 지나갔다.

은의 남편은 진땀을 흘리고 있었다. 와이셔츠가 살갗에 얇은 막처럼 들러붙었다. 총알은 떨어졌다. 경호원이 얼마나 구해올지 몰라도 저 많은 늑대인간 족을 감당하려면 군대의 탄약고에 다녀와야 할 것 같았다.

뒤쪽에서 비명이 들렸다. 손님들이 거실로 몰려갔다. 최가 따라가보니 현관 유리창에서 괴상하게 일그러진 검푸른 얼굴 하나가 흥미롭다는 표정으로 안을 들여다보고 있었다. 오른쪽 눈초리와 입꼬리가 처지고 인중이 삐뚤어진 비대칭 얼굴이었다.

"경비는 뭘 하는 거야?"

후드가 달린 초록색 트레이닝복 차림의 남자가 앞으로 튀어나와 거칠게 현관문을 열어젖혔다. 좀비족이 놀라 뒤로 물러서자 남자는 팔을 뻗어 좀비의 멱

살을 잡고는 힘껏 끌어당겨 바닥에 집어던졌다. 놀라는 소리와 함께 째지는 듯한 웃음소리들이 손님들 사이에서 튀어나왔다. 좀비는 바닥을 내장 썩은 물로 더럽히며 버둥거렸다.

그러는 사이 현관으로 정장 차림의 무장 경호원 무리가 들이닥쳤다. 은 남편의 경호원은 손에 철제 탄 박스를 들고 있었다. 그들은 곧장 로지아를 향해 뛰었다. 뭔가 별난 일이 생긴 게 틀림없었다.

"야, 너 여기 어떻게 들어왔어?"

트레이닝복 남자가 장난스럽게 물으며 한 발을 들어 좀비의 입에 올려놓았다. 좀비가 입을 벌려 나이키 골프화 밑창을 깨물었지만, 뭉툭한 이빨이 고무를 뚫고 들어갈 리가 없었다. 좀비가 오른팔을 들어 남자의 다리를 잡으려 하자 한 여자가 달려와 차버렸다. 오른팔은 팔뚝이 빠져 반으로 꺾이고는 허공에서 부러진 나뭇가지처럼 흔들렸다. 남은 왼팔도 다른 남자가 뽑아버렸다. 트레이닝복 남자는 골프화에 점점 힘

을 주었다. 좀비의 턱이 넓게 벌어지다가 뺨이 찢어졌
고 검고 악취 나는 물을 흘리며 얼굴이 두 조각 났다.
검푸른 혀가 골프화에 밟힌 채로 파득거렸다. 로지아
쪽에서 다시 총성이 들리기 시작했다.

"어떻게 해야 죽어?"

"죽이지 마쇼. 턱이 없으니 어차피 못 물어."

트레이닝복 남자가 웃으며 좀비를 일으켜 세웠다.
턱이 빠져서 얼굴 가죽에 붙은 채로 보기 흉하게 가
슴팍에서 흔들렸다. 눈을 희번덕거리며 좀비는 아무
방향으로나 발을 내디뎠다. 아무도 깨물지 못하고
아무도 붙들지 못하는 상태로, 살아 있는 사람들의
야유와 조롱을 받으며 거실을 방황하기 시작했다.

최는 현관으로 다가가 창으로 밖을 내다보았다.
안뜰에서 검은 그림자들이 빠르게 오가고 있었다.
걸음이 정확하고 빠른 걸 보니 경호원과 경비 들이
분명했다. 몇몇은 권총을 쏘기도 했다. 정문이 뚫린
것이다.

로지아 쪽에서는 늑대인간족이, 안뜰 쪽에서는 좀비족이 들이닥쳤다. 이런 소동이 벌어졌는데도 혜주는 1층 어디서도 눈에 띄지 않았다. 최는 그녀가 집으로 가버렸기를 간절히 바라며 층계를 향해 뛰었다.

최는 아까처럼 2층 원형 복도를 돌며 문고리를 하나하나 돌려보았다. 불쑥 열었다가 민망한 광경과 마주치기도 했다.

"뭘 봐!"

벌거벗은 금발 백인이 한국말로 욕설을 내질렀다. 여자는 취했는지 꼼짝도 안 했다. 혜주는 아니었다.

최는 열 번째 방의 욕실에서 혜주를 발견했다. 수염 자국도 없는 앳된 얼굴의 어린 남자와 자쿠지 욕조에 들어가 마주 앉아 있었다. 비누 거품이 공기방울들에 실려 욕조 안을 흘러 다니고 있었다. 욕실 바닥엔 빈 위스키 병들이 굴러다니고 공기는 마리화나 연기로 부옜다. 그는 카메라를 들어 초점을 맞추고 셔터 버튼을 눌렀다.

"뭘 찍는 거야, 등신아." 혜주가 떨리는 목소리로 말했다. "내가 너 따위랑 나갈 줄 알아? 난 가난뱅이는 싫다고 했지." 혜주가 거품 속에서 왼손을 들어 가운데손가락을 쭉 펴 보였다. 얼마나 취했는지 손가락이 바들바들 떨렸다. "가난뱅이는 꺼져, 지랄."

최는 벌거벗은 남자가 기억났다. 어제저녁에 발코니에서 남색 슈트를 입고 있던 남자였다. 매끈한 피부가 딱 혜주가 좋아할 타입이었다. 슈트는 어디에 벗어놓았을까. 남자는 눈도 제대로 못 떴다. 취하기는 남자가 더 취했다. 최는 명함을 꺼내 '0115'라고 적고는 남자의 이마에 붙여놓았다.

"나보다 한발 빨랐네. 야, 네가 이겼어." 최는 자기가 민이와의 외도를 꿈꿀 때 혜주가 2층에서 먼저 선수를 치고 있었다고 생각하니, 아까 민이와의 섹스를 상상하며 달아올랐던 것보다 더 뺨이 화끈거렸다.

"너 말이야. 한 번도 잘살아본 적이 없지?" 혜주가 눈썹을 떨며 계속 웅얼거렸다. "태어나서 한순간도 부자로 살아본 적이 없지? 티가 나, 티가 난다고. 불쌍한 가난뱅이 새끼."

최는 다가가 혜주를 등 뒤에서 끌어안고 욕조에서 끌어냈다. 그녀는 팔다리를 휘저었지만 소용이 없었다. 어린 남자는 그냥 운명에 맡기기로 했다. 그는 그녀를 침실로 데려다 놓고 드레스 룸 옷장에서 가운을 가져다 걸쳐주었다. 방을 나와 층계를 내려오다가 채광창으로 언뜻 내다보니 안뜰은 좀비족의 검은 실루엣들로 가득했다.

죽은 좀비족은 안뜰 바닥에 뻗거나 수영장에 잠겨 있었다. 움직일 수 있는 좀비족은 검은 옷을 걸친 사제들처럼 여유로운 걸음으로 갈 곳을 찾고 있었다. 동쪽 저편의 창문에서 불꽃이 번쩍이더니 좀비 하나가 머리가 터져 날아갔다. 안뜰을 둘러싼 각 세대의 창문들에서 시커먼 총구들이 비죽이 튀어나와 있었다. 정문이 뚫렸어도 경호원들이 상주하는 세대들에서 만 가족 타운하우스를 지켜내고 있었다.

하지만 계속해서 커다란 어둠이 정문을 넘어오고 있었다. 어둠의 무리가, 어둠의 덩어리가. 어둠을 불러들이는 주술을 외는 검은 사제들처럼.

최는 비로소 지금이 전쟁 상황인 걸 확실히 알았다. 살아야 했다. 최와 혜주에겐 아직 둘의 사랑을 시험해볼 만한 사건이 없었다. 늑대인간족과 좀비족과의 전쟁이 그 시험인지도 몰랐다. 상황이 상황이니만큼 혜주, 이 미친 여자가 뭐라고 내뱉든 함께 가기로 했다.

검은 옷의 사제들처럼.

해피 아포칼립스

최는 층계 중간에서 멈춰 서서는 거실의 상황을 살폈다. 그 많던 손님의 반은 빠져나간 듯했다. 타운하우스 이웃들은 제집으로 돌아갔을 것이다. 술 취해 일어나지 못하는 사람들 사이를 좀비가 가슴까지 빠진 턱을 덜렁거리며 걷고 있었다. 현관은 닫혀 있었다. 그는 혜주를 데리고 거실로 내려와 소파에 앉았다. 둘러보니 발코니 쪽에 사람들이 열댓 몰려 있었고 로지아 쪽에도 그만큼 있었다.

"해피 아포칼립스!"

아까 좀비를 골프화로 밟아 망가뜨린 남자가 소파 왼편에서 몸을 일으켰다. 초록색 트레이닝복이 음식 찌꺼기와 노란 위액으로 더럽혀져 있었다. 술기운이 올라 이마까지 빨개져서는 남자는 몇 번이고 소파에 앉으려다가 미끄러졌다.

"해피 아포칼립스." 최도 남자를 향해 기운 없이 중얼거렸다.

"기쁘다, 종말 오셨네!" 혜주가 좀비의 턱처럼 덜렁거리는 고개를 쳐들고 죽어가는 소리로 외쳤다. 최는 그녀를 어깨에 기대게 하고는 좀비보다 더 한심한 사람들이 우왕좌왕하고 있는 실내를 둘러봤다. 안뜰을 향한 창문마다 사람들이 달라붙어 있었다. 로지아에서는 여전히 총성이 울리고 있었다.

트레이닝복 남자가 다시 소파에서 미끄러지며 해피 아포칼립스, 하고 외쳤다. 아포칼립스라니……. 어제저녁 이곳으로 차를 타고 오며 혜주와 나눴던 대화가 기억났다. SF계의 천재 작가들이 예견한 화성 식민지니 로봇 세상이니 하는 미래는 오지 않았다. 그들은 틀렸다. 세상은 엉뚱한 방향으로 흘러갔고 마침내 종말을 예견한 공포 영화의 엔딩에 다다른 것 같았다.

실은 언제 종말이 와도 이상하지 않은 세상이었다.
오히려 너무 늦은 감이 있었다. 혜주의 말처럼 최는
평생 가난뱅이로 살았다. 그렇지 않은 순간이 단 한
번도 없었다. 겨우 욕조 딸린 욕실이 있는 아파트에
서 살아보는 게 요즘 그가 품은 꿈이었다.

"난 평생 패배자로 살아왔는데 이젠 모두가 패배
자가 되는 건가." 최는 고개를 들고 로지아 쪽을 바
라보며 소리 내 중얼거렸다. 그쪽에 그 대단한 은과
은의 남편과 민이가 있을 것이었다. 그는 이 불평등
한 세계가 마지막 순간에 평등을 이루는 광경을 보
고 있는 듯했다. 패배자든 아니든 모두 다 함께 종말
을 맞는다면 억울할 것도 불행할 것도 없었다. 한 세
계가 몰락으로 가는 길은 다양하다. 인류는 수백 년
전에 그중 한 길을 선택했고, 어느새 그 길의 끝에 와
있었다.

"야, 괜찮아. 어차피 미래는 없을 테니." 최는 이번

엔 안뜰을 쳐다보며 중얼거렸다. 좀비족의 실루엣들이 창문에 어렸다 사라졌다.

최는 미래가 없는 미래는 한 번도 생각해본 적이 없었다. 배고프고 병들고 낙담 속에 살아가는 고통스러운 미래에 대해서는 생각해봤다. 하지만 아무것도 떠오르지 않는 미래는 오늘이 처음이었다. 새벽이 기다려지지도 않았다. 미래 없는 미래가 다가오고 있었다.

로지아 쪽에서 사람들이 거실로 몰려나왔다. 흥분해 떠드는 소리를 들으니 총알은 떨어졌고, 늑대인간은 계속 몰려오며, 경호원 하나가 늑대인간에게 붙잡혀 실랑이를 벌이다 축대 아래로 추락한 모양이었다. 최는 혜주를 부축해 소파에서 일어났다. 그녀는 그의 팔을 풀고 똑바로 섰다.

"경찰은 왜 안 와?" 은의 남편이 잰걸음을 옮기면서 외쳤다.

"그쪽도 인력이 부족한가 봅니다." 경호원이 답

했다.

"새끼, 웃기는. 이게 멕시코 난민 때려잡던 놈이라 겁이 없어요. 안 무서워, 새끼야?"

"무서워보도록 노력해보겠습니다." 경호원이 히죽거렸다.

"야, 최수. 어디 갔었어?" 은이 무리에서 빠져나오며 말했다.

최는 말없이 혜주를 돌아보았다. 은이 혜주의 해쓱한 얼굴과 나이트가운을 훑어보더니 알겠다는 듯 고개를 끄덕였다. 그녀의 블라우스에 달린 프릴들은 피와 체액에 젖어 벗겨진 살갗처럼 축 늘어져 있었다.

"애인이야?" 민이가 은의 뒤에서 성큼성큼 걸어나오며 물었다. 그녀의 우윳빛 튜닉도 피투성이가되어 다른 옷처럼 보였다. 흥분을 가라앉히지 못해, 피를 뒤집어쓴 가무잡잡한 얼굴이 쉴 새 없이 건들거리고 있었다.

"인사해. 만난 적 없지? 이쪽은 혜주, 이쪽은 민

이.” 최는 통성명을 시키며 어쩌다 자신을 둘러싸고 있게 된 세 여자의 시선에 어쩔 줄을 몰랐다.

“있어봐, 내가 전화해볼게.” 민이가 휴대전화를 켜며 말했다. 그녀는 군더더기 하나 없는 사무적인 말투로 누군가와 짧은 대화를 나눴다.

“경찰 타격대가 올 거야.” 민이가 휴대전화를 핫팬츠 뒷주머니에 도로 넣으며 말했다. 그녀의 튜닉 원피스는 좀비를 얼마나 때려잡았는지 검붉은색으로 물들어 후줄근해져 있었다.

“자, 이제 빈손이 아쉬우니 뭐라도 하나씩 드세요.” 은의 남편이 좌중을 향해 말하더니 라이플을 거꾸로 쥐고는 야구 타석에 들어선 타자 흉내를 냈다. 경호원 둘도 빈 권총은 집어넣고 거실 테이블을 엎어 네 다리를 떼어냈다. 다른 손님들도 흩어져서 무기가 될 만한 것들을 주워 왔다. 발코니에 몰려 있던 이들도 합세했다.

그러는 사이에 로지아를 넘어온 늑대인간들이 하

나둘씩 거실에 모습을 드러냈다. 그냥 개였다. 털북숭이 대형견이 구부정하게 몸을 일으켜 세운 모습이었다. 그때 식당 쪽에서 와인색 머리를 한 여자가 비명을 지르며 뛰어나왔다.

"바텐더!"

최가 저도 모르게 외쳤다. 식당의 환한 조명이 커튼처럼 둘로 갈라졌다. 그러곤 뒤뚱뒤뚱 어설픈 걸음걸이로 뱀파이어가 여자를 따라 뛰어나왔다. 흰 와이셔츠 옷깃과 보타이가 뱀파이어의 목덜미에 그대로 남아 있었다. 바텐더의 눈 밑에 블랙홀처럼 늘어져 있던 다크서클이 떠올랐다. 사람들이 소리를 지르자 뱀파이어는 3미터쯤 되는 검은 박쥐 날개를 활짝 펼쳤다.

하지만 그게 다였다. 아무리 날개를 퍼덕거려도 10센티미터도 날아오르지 못했다. 바텐더는 날기엔 너무 크고 늙고 무거웠다. 경호원이 달려 나가 팔뚝만 한 테이블 다리로 시커먼 털이 부숭부숭한 바텐더의 머리를 후려쳤다. 바텐더는 뒷걸음질 치며 날개를 휘둘러 경호원을 붙잡으려 했다. 하지만 박쥐 날개 끝에 붙어 있는 두 손은 경호원을 잡기엔 너무 멀리 떨어져 있었다. 날개를 접어도 두 손의 간격이 너무 커서 경호원의 어깨에도 닿지 않았다.

당황해 도망가는 무기력한 뱀파이어를 보며 거실의 손님들이 큰 소리로 웃었다. 최도 왜 웃는지 모르고 웃었다. 그는 카메라를 들어 재빠르게 셔터 버튼을 눌렀다. 뱀파이어는 도로 식당 입구까지 물러났다. 바텐더의 얼굴이 식당 조명을 받아 크림슨 색으로 번들거렸다. 핏방울들이 여기저기 튀어올라 식당 입구의 흰 기둥들을 물들였다.

"정말 무의미한 놈들이지 않아?" 누군가가 환호했다. 바텐더가 바닥에 쓰러져 테이블 다리에 머리가 부서질 때쯤엔 그래도 고개를 돌리고 눈을 감는 사람들이 있었다.

현관이 깨졌다. 부서진 문을 무너뜨리며 좀비들이

어기적어기적 걸어 들어왔다. 재킷 소매를 걷어붙인 남자가 뛰어나가 두 발 날아서 차기를 하더니 자기도 바닥에 떨어져 머리를 감싸고 고통스럽게 뒹굴었다. 좀비들이 쓰러진 좀비들을 타 넘고 거실로 밀려 들어 왔다. 은이 야자수 화분을 비추던 조명 스탠드를 뽑아 달려 나가더니 좀비의 배를 찔러 뚫었다.

"그런 건 남편한테 하라고 해요." 누군가가 소리를 질렀다.

은의 남편이 이끄는 무리는 로지아 쪽에서 늑대인간들을 상대하고 있었다. 민이는 또 어딘가로 전화를 걸고 있었다. 표정이 너무나 차분하고 사무적이어서 어디 딴 세계에 있는 사람 같았다. 발코니 쪽에서는 시커먼 형체가 바깥 난간에 매달려, 유리창을 암막 같은 커다란 날개로 쳐대고 있었다. 아무래도 그 힘으로는 경찰이 오기 전에 유리창을 깨지는 못할 것 같았다.

"우리 헤어져." 혜주가 최를 밀어내면서 말했다.

"너 정말 별로라는 걸 오늘 확신했어."

"그런 얘기나 할 상황이 아닌 것 같은데." 최는 두 눈이 뽑힌 장님 좀비가 다가오자 발을 들어 차버렸다. 욕지기가 쏠렸다.

"상황? 그래서 네가 별로라는 거야. 가람이 어디 있어?"

"가람이?"

"가람이."

"아, 욕조에 같이 있던 애?" 최가 물었지만 혜주는 대꾸 없이 두리번거리기만 했다.

최는 싫다는 혜주를 끌고 식당으로 달려갔다. 생각해보니 1층에서 지금 가장 조용한 곳이 식당이었다. 그곳에선 한심한 인간들이 불쌍한 돌연변이들을 살육하는, 역겹고 꼴사나운 광경을 보지 않아도 될 것 같았다. 그는 좀 쉬고 싶었고 인간다운 기분을 되찾고 싶었다. 혜주와도 속내를 털어놓고 이야기를 나누고 싶었다.

하지만 식당에서는 두 웨이트리스가 배고픈 늑대인간족으로 변해 뷔페 테이블의 접시들을 거덜 내고 있었다. 바에는 바텐더가 서 있던 자리에, 바닥부터 천장까지 닿아 있는 속 빈 고치 같은 게 서 있었다. 허물 같기도 하고, 관 같기도 하고, 암갈색에 거칠거칠한 표면을 봐선 속이 썩은 떡갈나무 고목 같기도 했다. 아무튼 그곳에서 애벌레가 나비로 변태하듯 바텐더가 뱀파이어로 다시 태어난 모양이었다. 희한하게도 최의 침실에서 나는 홀아비 냄새, 그리고 바싹 마른 먼지내 같은 것들이 짙게 풍겼다.

최와 혜주는 바 뒤에 서서 술병이며 컵을 잡히는 대로 죄다 늑대인간들에게 집어던졌다. 웨이트리스에서 변한 늑대인간들은 체구가 크지 않았다. 뷔페 테이블에도 마주 던질 만한 접시들이 적지 않았지만 늑대인간족은 그 생각은 할 수 없는 모양이었다. 곧 최와 혜주의 승리로 끝났다. 한 마리는 그가 던진 봄베이 사파이어 진 병에 이마를 맞고 쓰러졌고, 다른 한 마리는 가까이 접근했다가 그녀가 휘두른 와인 스토퍼에 얼굴을 마구 찔려 죽었다.

"이게 뭐야." 혜주가 털썩 주저앉으며 내뱉었다. 그녀의 은발은 튀어 오른 핏방울로 얼룩져 뻘겋게 물들고 있었다.

최는 만 가족 타운하우스에 들어오고 처음으로 카메라를 목에서 벗어 바에 내려놓았다. 백년 묵은 체증이 쑥 내려가는 것처럼 목덜미가 시원해지고 저절로 등이 쭉 펴졌다. 어떻게 이걸 날이 바뀌도록 걸고 다녔는지 이해가 안 됐다.

"나 이제 스내퍼 안 해." 최가 소리 내 혼잣말했다. "안 해, 정말이야."

스내퍼가 카메라를 벗어버리는 일은 외부 세계의 일에 눈을 감아버리는 것이나 마찬가지였다. 최는 현실을 똑바로 바라보고 싶지 않았다. 현실의 진면목을 마주하고 싶지 않았다. 마주하는 순간, 공포가 엄습해 그의 발밑이 모두 무너져 내릴 것만 같았다. 그는 몽롱세계가 좋았다. 차라리 처음부터 몽롱세계였기를 바랐다.

　바깥에서 둔탁한 총소리가 들려왔다. 최는 눈을 떴다. 잠깐 존 모양이었다. 바 아래에선 혜주가 앉아서 두 무릎을 감싸 안고는 불안한 눈으로 자신을 올려다보고 있었다. 곧 차량 몇 대가 어지럽게 안뜰을 가로지르고 브레이크를 밟는 소리가 났다. 환호성이 들렸다.

　"경찰이 온 거지?" 최는 카메라를 다시 목에 걸고는 손을 내밀어 혜주의 손을 잡았다.

　둘은 머뭇머뭇 식당을 떠나 거실로 걸음을 옮겼다. 창밖을 보니 타격대 복장을 한 경찰들이 가차 없이 안뜰을 정리하고 있었다. 경찰 몇몇은 벌써 거실로 진입해 아직 움직이는 늑대인간족과 좀비족 들을 처리했다. 어느 틈에 발코니 전면 창을 깨고 들어온 뱀파이어족들도 쏴 죽였다. 군화 소리가 거실 대리석

바닥을 둔하게 울렸다. 굳이 총을 가져올 필요는 없었다. 총 한 자루 없어도 티 파티의 손님들은 그 많은 병든 돌연변이를 처리했다.

최와 혜주는 승리의 기쁨에 희색이 만면한 은 일행을 찾았다. 은의 남편은 아직도 씩씩대며 웃는 낯으로 테이블 다리를 만지작거리고 있었고, 민이도 야릇한 소리를 내며 즐거워하고 있었다. 은도 중간이 휜 조명 스탠드로 바닥을 짚고, 지쳤지만 후련하다는 표정을 짓고 있었다. 은의 이마에서 부유한 빛이 싸늘하게 빛났다. 피를 뒤집어써서 그런가, 이마의 빛에서 이상하게 그로테스크하고 잔인한 기운이 느껴졌다. 크림슨 색으로 번들거리는 머리카락 때문에 더 싸늘해 보이는지도 몰랐다.

최는 다가가며 은을 불렀지만 제대로 소리가 나지 않았다. 꺽꺽대는 소리만 불편하게 귓전을 긁었다.

"저 카메라!"

누군가가 성난 목소리로 외쳤다. 노여움에 부들부

151

들 떠는 목소리였다. 최는 고개를 돌렸다. 뻑뻑해서
잘 돌아가지 않았다. 몇 발짝 앞에 와이셔츠 앞섶을
풀어헤친 배불뚝이 남자가 자신을 가리키고 있었다.
남자의 가슴과 와이셔츠가 온통 썩은 체액으로 범벅
이 되어 있었다.

"이놈이 내 사진을 몰래 찍어 갔어."

남자가 굵은 손가락을 들어 최의 목에 걸린 카메
라를 가리켰다. 느닷없이 공포가 엄습했다. 그는 두
손을 들었다. 뻣뻣하기가 남의 팔을 들어 올리는 것
만 같았다. 입에서는 꺽꺽, 혀 굳은 소리만 났다.

최는 옆에서 혜주가 머리에 총을 맞아 쓰러지는 것
을 봤다. 배불뚝이 남자가 거칠게 카메라를 쥐고는
그의 목에서 낚아챘다.

"우리 안에 병자가 있었네. 인간 가족이 살기에도
지구는 좁아."

은이 팔짱을 끼고는 매서운 눈으로 최를 노려봤다.

"죽여."

최는 경찰이 총구로 자신을 겨누는 것을 봤다. 그는 세상의 끝에 다다라 늙은 아내와 함께 잠깐 시장에 들렀다. 아내가 납작 복숭아를 먹고 싶다고 해서 둘은 시장 골목골목을 쑤시고 다녔다. 백발에 등까지 굽었지만 아직 장바구니를 들고 아내를 따라다닐 체력은 있었다. 그에 비하면 아내는 튼튼했고 눈도 멀쩡했다. 그녀는 휴대전화를 열어 시장의 어느 청과물 가게에서 납작 복숭아를 파는지 검색했다.

난 죽을 거야. 최가 아내에게 말했다.

뭐야, 우린 벌써 죽었어. 아내가 최에게 말했다.

최가 깜짝 놀라 아내의 얼굴을 살폈지만 모르는 얼굴이었다. 둥근 얼굴에 둥근 턱, 귀는 뾰족했다. 은도, 민이도, 혜주도 아니었고 그 셋을 사귀며 잠깐씩 바람을 피웠던 다른 여자들과도 닮지 않았다.

넌 모르는 여잔데. 최가 아내에게 말했다.

아내가 소리 내 웃었다. 납작 복숭아의 달콤한 과즙이 느껴지는 웃음소리여서 싫지 않았다.

잘 생각해봐. 미래의 어디에선가 날 봤을 거야. 아내가 말했다.

미래에서 어떻게 널 봐. 미래는 오지도 않았는데? 최가 투덜거렸다.

무슨 소리야. 넌 벌써 미래를 살았어. 아내가 타이르는 투로 말했다. 넌 미래에서 죽은 거라고.

잘 생각해보니 일리가 있었다. 미래에 이르지 않았다면 죽을 수도 없었다. 그는 이미 미래를 살았고 죽었다.

옷 가게를 돌아서 왼쪽으로 20미터를 가면 납작 복숭아 파는 과일 가게가 있나 봐. 아내가 말했다. 납작 복숭아나 사러 가자고. 아내가 최의 어깨를 두드렸다.

해피 아포칼립스.

아무것도 떠오르지 않는 미래

+ 『해피 아포칼립스!』는 2018년 가을에서 겨울에
걸쳐 5개월 동안 썼다. 이미 다 써서 원고를 넘긴 소
설에 대해 작가가 나서서 몇 문장 덧붙인다는 건 그
소설이 아직 다 쓰이지 않았다는 뜻이다.

나는 『해피 아포칼립스!』를 다 썼으니 당연히 「작
가 노트」에 쓸 말이 남아 있을 리 없다.

+ (아침부터 두 시간 동안) 「작가 노트」를 위해 여
러 문장을 썼다 지우면서 지금 막, 「작가 노트」가
무엇인지도 모르고 있다는 사실을 깨달았다. 그래
서 허튼소리나 다름없는 단상들을 이어보려 하는
데······.

+ 쓰기는 5개월을 썼지만 소설을 떠올리기 시작한 것은 2017년 겨울부터고 그때는 제목도 '스냅!'이었다. 스냅사진을 찍는 늙은 인물이 한 칵테일 바에 드나들며 자신이 평생 사귀었던 연인들을 회상하는 내용이었다. 그리고 결말에서, 그 이야기들이 실은 바의 뒷벽에 진열된 여성들의 사진들을 보며 지어낸 것임이 밝혀진다. 나는 이 원래의 구상대로 쓸 수가 없었는데 왜냐하면,

1. 늙은 사진가의 연애 이야기는 소재 자체가 불쾌할 수 있다.
2. 그런 내용을 쓸 만큼 나는 연애 경험이 많고 다양한 사람이 아니다.

+ 그렇게 해서 원래 구상은 앙상한 몇 가지 골격만 남기고 사라졌다. 스냅사진을 찍는 최의 직업과 칵테일을 만들어주는 바는 남았다.

『스냅!』의 도입부로 구상한 사건도 사라졌고, 그 사라진 도입부는 단편 「보라…… 이 사람은 실패했다」에 다시 고쳐 썼다.

+ 부끄러워서 괄호를 치는데 (나는 이 소설을 쓰려고 칵테일 교본을 사기도 했고 직접 이런저런 칵테일을 만들어보며 소설에 응용할 계획을 세우기도 했지만 결국 오늘까지 재료 구입은커녕 교본을 끝까지 다 읽지도 못했다. 나는 알코올 음료를 즐기지 않는다).

+ 그리고 소설을 시작할 즈음 깊어지기 시작한 중국과 미국의 무역 전쟁을 보면서 어떻게 아포칼립스, 종말을 떠올리지 않을 수 있겠는가. 우리 사회는 1997년 외환 위기 때 이미 경제적 종말의 문턱까지 가본 경험이 있다.

+ 내가 왜 소설 제목에 '!'를 붙였는지 얼핏 이해

하고 있다. 아마 나이가 들어 힘이 빠지기 시작한 문장을 나도 모르게 의식하고는, 느낌표를 빌려서라도 힘을 보태고 싶었던 건 아닐까.

+ 『해피 아포칼립스!』는 10년 전쯤에 썼다면 올 가능성이 거의 없는 미래의 어느 시점에 대한 이야기가 되었을 것이다. 하지만 요 며칠 하늘을 봤다면, 요 몇 년 동안의 기후변화를 체감했다면, 내가 엉뚱한 상상을 글로 옮겼다는 생각은 그리 들지 않을 것이다. 이 소설의 상당량은 오늘의 이야기를 담고 있다.

+ 기상이변, 기후변화에 이어 기후 붕괴라는 표현까지 나오고 있다.

+ 종말에 대해 쓰기 위해 애써 어마어마한 상상력을 발휘할 필요는 없다. 토머스 모어가 『유토피아』를 쓰기 위해 어마어마한 상상력을 발휘하지 않은

것처럼 말이다. 모어는 세상 어디에도 있을 것 같지 않은 이상향에 대해 말하기 위해, 그저 16세기 영국의 암담한 사회상을 비판적인 눈길로 응시하기만 하면 되었다.

+ 이탈리아 나폴리에 다녀온 경험이 도움이 됐다. 소설의 기후 난민에 대한 묘사는 내가 나폴리에서 직접 본 광경들이 많다. '기후 난민'의 물결은 아프리카와 가까운 남유럽에선 지금 당장 닥친 이야기다. 종말은 남유럽행을 선택하는 아프리카 난민들 입장에서는 지금 당장 닥친 이야기다.

+ 나는 지중해에 자리한 세계 3대 미항 나폴리의 따뜻하고 달콤한 풍광을 즐기고 싶었지만 결국 기억에 남은 것은 기후 난민들의 암울한 모습들뿐이다.

+ 종말이란 더 이상 내일을 그려볼 수 없는 내일을

말한다. 미래에 대해 '아무것도 떠오르지 않는 미래'
이다. 종말을 가져오는 것은 기후 붕괴만은 아니다.
『해피 아포칼립스!』는 종말 문학의 외양을 하고 있
지만 실은 경제 재앙에 대한 이야기이다.

+ 우리 사회에서 서울 대치동의 타워팰리스가 떠
어온 상징적 의미를 생각하면 우리는 이미 '만 가족
타운하우스'를 가진 셈이다. '자살 전망대'의 유리
눈에는 살 곳을 구하지 못해 떠도는 경제적 난민들
이 어떻게 비칠까.

살아서 시체가 된 무능력한 좀비나, 그저 허기만
남은 굼뜬 늑대인간, 절망과 피곤에 절어 핏기가 쭉
빠진 뱀파이어처럼 보이지 않을까.

+ 우리 사회의 많은 사람이 이미 좀비처럼, 늑대
인간처럼, 뱀파이어처럼 그리고 무엇보다 자본 전쟁
의 사상자로 살고 있다.

+ 기후가 붕괴되면서 한편으로 경제도 붕괴된다면? 나 자신을 종말론자로 지칭하면서 이런 얘기를 몇 번 화제에 올린 적이 있었는데 그렇지, 그래, 하고 고개를 끄덕여주는 사람은 못 봤다. 기분 나빠 하고 황당한 표정을 짓고.

종말의 가능성을 부정하는 이들은 미래를 물려줄 어린 자식이 있는 사람들이거나 물려받을 미래에 대한 기대가 있는 젊은 세대이겠지만……. 하지만 이들에게 종말 이야기는 부정하고픈 즐거운 오락거리이기도 하다.

+ 종말의 가능성을 좀처럼 받아들이지 않는 이유에는 크리스토퍼 놀란 감독의 〈인터스텔라〉에 나오는 유명한 대사 탓도 있지 않을까. "우리는 답을 찾을 거야, 늘 그랬듯이."

하지만 물어보자, 앞으로 닥칠지 모를 기후 붕괴와 세계 경제 붕괴가 18세기에 (아마도 산업혁명 시기에) 인류가 찾아냈던 '답'에 그 기원을 두고 있지는 않은지를.

+ 인류가 찾아낼 그 답이 정말 '답'인지 검증할 수 있는 이들은 미래의 아이들이다. 우리가 아니다.

+『리플릿 — 바깥을 향해 읽어라』에서부터 책에 사진을 싣고 있다. 『리플릿』이야 미술 에세이니 사진이 들어가는 게 당연할 수 있지만, 『교양과 광기의 일기』부터는 소설에도 사진을 넣고 있다.

내 소설에 들어간 내 사진들이 '보일' 뿐만 아니라 '읽힐' 수도 있기를 바라고 있다.

+ 서양 작가들의 책에는 「작가 노트」처럼 책 앞이나 뒤에 작가의 말이나 감사의 말이 들어가는데, 놀라울 정도로 많은 이름이 등장한다. 책장에서 집히는 대로 꺼내보자. 게일 루빈의 『일탈』에는 부모님

과 연인들까지 127개가 넘는 이름이 등장한다. 여기에 연구를 지원해준 단체와 기관까지 더해 『일탈』의 「감사의 글」은 열한 페이지나 된다.

+ 행인지 불행인지 『해피 아포칼립스!』에 꼭 써야 하는 이름은 얼마 없다. 『공포의 세기』 원고를 그렇게나 멋지게 책으로 만들어준 이정미 편집자가 『해피 아포칼립스!』의 작업을 다시 한번 맡아주었다. 출판이 어려운 시기에 기회를 준 아르테 출판사에도 감사드린다.

실은 내가 정말 감사드려야 할 대상은 나를 소설가로 살아갈 수 있게 해준 한국어와 한국 문학과 독자들이겠지만……!

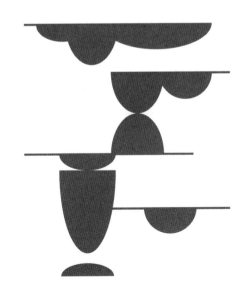

해피 아포칼립스!

1판 1쇄 발행 2019년 5월 22일
1판 2쇄 발행 2019년 10월 18일

지은이 백민석
펴낸이 김영곤
펴낸곳 아르테

문학미디어사업부문 이사 신우섭
문학사업본부 본부장 원미선
문학콘텐츠팀 이정미 허문선 김혜영 김지현 김연수 | 김필균
디자인 석윤이
문학마케팅팀 민안기 조윤선 배한진
문학영업팀 김한성 오서영 이광호
홍보팀장 이혜연 제작팀장 이영민

출판등록 2000년 5월 6일 제406-2003-061호
주소 (우 10881) 경기도 파주시 회동길 201(문발동)
대표전화 031-955-2100 팩스 031-955-2151

ISBN 978-89-509-8101-3 04810
    978-89-509-7879-2 (세트)